Gequält, Erniedrigt und doch am Leben

Bettina Weben

Gequält, Erniedrigt und doch am Leben

Warum war die DDR so ungerecht ?

Bibliografische Information der Deutschen Nationalbibliothek:
Die Deutsche Nationalbibliothek verzeichnet diese Publikation in der
Deutschen Nationalbibliografie;
detaillierte bibliografische Daten sind im Internet über
http://dnb.d-nb.de abrufbar.

© 2015 Bettina Weben
Satz, Umschlaggestaltung, Herstellung und Verlag: BoD- Books on
Demand
ISBN: 978-3-7392-7006-7

Inhalt

Absatz 1 – Mein Elternhaus
   1/1 – Wohnung, Kindergarten, Schule   9
   01/2 – Meine Mutter   12

Absatz 2 – Die Tragödie
   2/1 – Das Heim   22
   2/2 – Der Tod   24
   2/3 – Christinas Leid   25

Absatz 3 – Das neue Leben
   3/1 – Das Jugendwohnheim   30
   3/2 – Der Schock   31
   3/3 – Zurück im Heim   38

Absatz 4 – Über 18
   4/1 – Das fängt ja gut an   40
   4/2 – Sven   43
   4/3 – Deutsche Reichsbahn   44

Absatz 5 – Mein Schicksal
   5/1 – Lena   48
   5/2 – Keine zweite Chance   48

Absatz 6 – Eine kurze schöne Zeit
   6/1 – Schandor   52

Absatz 7 – 13 Jahre Hölle
- 7/1 – Ein Neubeginn und Ende 54
- 7/2 – Ein kleiner Lichtblick 55
- 7/3 – Wenig Sonne 57
- 7/4 – Einige schmerzhafte Episoden 58

Absatz 8 – Die Flucht aus der DDR
- 8/1 – Die Idee 63
- 8/2 – Die Flucht 64
- 8/3 – Die Freiheit ist nicht einfach 66
- 8/4 – Wer gibt uns eine Wohnung? 68

Absatz 09 – Im goldenen Westen
- 9/1 – Der neue Anfang 70
- 9/2 – Die Einschulung 71
- 9/3 – Das Leben 72

Absatz 10 – Ich kann nicht mehr
- 10/1 – Es geht schon wieder los 76
- 10/2 – Die Flucht ins Frauenhaus 77
- 10/3 – Die Rückkehr 78

Absatz 11 – Vier Wochen Leben
- 11/1 – Der verhängnisvolle Vorschlag 80
- 11/2 – Wie im Paradies 82
- 11/3 – Zurück in der Gegenwart 86

Absatz 12 – Flucht vor dem eigenen Mann
- 12/1 – Die Planung 88
- 12/2 – Die Ausführung 89
- 12/3 – Wieder ein Neuanfang 91

Absatz 13 – Mit 45 fängt das Leben erst an
    13/1 – Das Kellnern   95
    13/2 – Steffen   96
    13/3 – Die Hochzeit   101

Absatz 14 – Warum ich ?
    14/1 – Der Schmerz   105
    14/2 – Die Diagnose, die man nie hören will 109
    14/3 – Der Kampf   111

Absatz 1 – Mein Elternhaus

1/1 – Wohnung, Kindergarten, Schule

Im Oktober den 29. bin ich, Gabriela in Halle an der Saale zur Welt gekommen anno 1951. Wir wohnten in der Ludwig-Wucherer-Straße 20 in Hochparterre. Es war die Hauptstraße, die das Reileck mit dem Steintor verbindet Hier war immer was los. Die Straßenbahnen fuhren Tag und Nacht. Und als Kinder mussten wir aufpassen, wenn wir über die Straße gingen. Es gab zwar noch nicht so viele Autos, aber allerhand LKWs und die Straßenbahn. Drei Häuser rechts weiter gab es einen Lebensmittelladen. Herr Kreisel, der Ladeninhaber, kannte uns Kinder und wenn wir was einkauften, hat er es immer angeschrieben und meine Mutter hat es dann irgendwann bezahlt. Bei ihm gab es immer eine Zuckerstange umsonst/geschenkt. Ein paar Häuser nach links war ein Haushaltswarengeschäft und da gab es schöne bunte Glasmurmeln. Da ich kein Geld hatte und auch wie andere Kinder Murmeln haben wollte, habe ich einfach ein Säckchen von diesen Glasperlen mitgenommen. Am Abend fragte meine Mutter wo, ich die schönen Glaskugeln her habe und ich sagte, die hab ich beim Murmeln gewonnen. Na da fragen wir doch gleich den Nachbarsjungen Rainer, der ja mit dabei war. Da erzählte ich ihr, dass ich die Murmeln gestohlen habe. Meine Mutter ging mit mir am nächsten Tag in den Laden und wartete draußen. Ich musste hineingehen und dem Besitzer die Kugeln zurückgeben. Das war für mich so schwer, und ich stotterte, warum ich das getan habe. Der Mann sagte, weil ich so ehrlich bin und die Murmeln zurückbringe, darf ich sie behalten.

Da war ich erleichtert und freute mich sehr. Ich versprach es nie wieder zu tun.

Gegenüber von unserem Haus war an der Ecke ein Zigarettengeschäft, da mussten meine Schwester Christina oder ich manchmal über die Straße und für meine Mutter 3 oder 5 einzelne Zigaretten von der Marke Jubilar ohne Filter kaufen. Das Stück kostete damals 10 Pfennige. Wir hatten nicht viel Geld.

Unsere Wohnung war wie ein Schlauch. Man kam in einen kleinen Flur, von dem zwei Türen abgingen. Die rechte Tür ging in die Küche, die 3x3 Meter groß war. Darin standen ein Küchenschrank, ein Tisch und zwei Stühle. Links vom Fenster stand ein Küchenherd, wo noch richtig Feuer gemacht werden musste, um warmes Wasser zu haben, und unter dem Herd stand ein Eimer mit einem Deckel, der dafür war, dass wir Kinder nachts nicht in den Keller auf Toilette gehen mussten. Was bedrückend für mich ist, dass meine Mutter den Eimer nicht immer gelehrt hat und er manchmal Tage unter dem Herd stand. Wenn ich heute darüber nachdenke, frage ich mich, warum hat sie so wenig auf Sauberkeit geachtet?

Durch die Tür geradeaus, ging es links in einen Raum, der zum Hof führte. Es war das Schlafzimmer, in dem erst nur meine Schwester Christina, meine Mutti und ich schliefen.

Später, als meine kleine Schwester Karola dazu kam, schlief sie mit bei uns und meine Mutti im Wohnzimmer auf der Couch. Das Zimmer wurde mit einem Schrank gleich rechts neben der Tür etwas abgeteilt, so dass man nicht gleich sah, wenn man rein kam, dass dort die Betten standen. Wie ich mich entsinnen kann, wurden die Betten nie bezogen und wir schliefen ohne Bettbezug. Hinter einem Vorhang lag ein großer Berg mit schmutziger Wäsche, die nach meinen Erinnerungen nicht weniger wurden. Wenn wir ein Teil brauchten, suchten wir es aus dem Haufen und es wurde gewaschen.

Wer es gewaschen hat, kann ich nicht sagen, meine Mutter oder meine Schwester Christina.

In dem Zimmer rechts gingen zwei Stufen hoch in das Wohnzimmer, das ca. drei Meter breit und sechs Meter lang war. Es lag direkt über dem Hausflur und war immer von unten kalt. In diesem Raum standen ein Sofa, ein Tisch mit drei Stühlen und ein Vertiko. Es gab nicht viele Möbel in unserer Wohnung und die waren auch noch alt. Freundinnen von der Schule konnten wir nie mit nach Hause nehmen, da es nicht so sauber war. Damals war man zwar traurig, aber es wurde so hingenommen. Es gab den Hinterhof, da spielten wir mit den anderen Kindern aus dem Haus. In der Mitte war ein Kanaldeckel und wenn es leise war, sah man die Ratten spazieren gehen.

Da es ja nur Kohleöfen gab, mussten Christina und ich, als wir ungefähr zehn/elf Jahre alt waren, mit einem Handwagen von der Kohlenhandlung immer zwei bis drei Zentner Kohlen nach Hause holen und sie mit einem Eimer in den Keller bringen. Wenn man die Kohlen selber holte, waren sie nicht so teuer und man musste nicht so viele nehmen.

Von 1952 bis 1957 bin ich mit meiner Schwester Christina in den Schlachthof- Kindergarten gegangen, in der Freiemfelder-Straße, da meine Mutter auf dem Schlachthof in der Kantine gearbeitet hat. Der Weg von unserer Wohnung dorthin war etwas weit und wir fuhren meistens mit der Straßenbahn. Doch bei schönem Wetter sind wir fast immer auf dem Rückweg gelaufen. Das dauerte ungefähr eine dreiviertel Stunde, aber es war schön, da wir über die Steintorbrücke mussten. Unter ihr waren Gleise vom Güterbahnhof. Und wenn dann eine Dampflok kam, war es für uns Kinder herrlich in dem Qualm zu stehen.

Von 1957 bis 1960 gingen wir in die Freiemfelder-Schule, weil meine Mutter noch im Schlachthof gearbeitet hatte. Von 1961 bis 1967 sind wir dann in die Polytechnische-Steintor-Oberschule gegangen, da meine Mutti nun in der Gaststätte – zu den Eichhörnern – arbeitete, die in der Nähe unserer Wohnung lag.

Im Mai 1967 bin ich dann in Zeitz in die Schule gegangen, bis ich im September nach Halle kam.

01/2 – Meine Mutter

Meine Mutter hatte Kindergärtnerin gelernt, aber seit wir auf der Welt waren, Christina und ich, hat sie im Schlachthof gearbeitet, in der Kantine bis 1959. Danach hat sie in der Gaststätte 'zu den Eichhörnern' in der Gastronomie angefangen.

Meine Mutter war mit Harry Wagner verheiratet, der auf Montage beim Tiefbau arbeitete und nicht immer zu Hause war. 1953 ließen sie sich scheiden. Ich war da zwei Jahre alt. Meine Tante Gerti (die Schwester meiner Mutter) erzählte, das Harry nicht mein Vater ist, sondern ein Musiker. Das erfuhr ich aber erst später. Meine Mutter ist damals öfter mit einer Freundin, wir sagten Tante Rigo zu ihr, tanzen gegangen. Da hat sie wohl den Musiker kennengelernt, hat mit ihm geschlafen und da wurde ich produziert.

Harry hatte noch zwei Brüder, Wilfried und Harald und eine Schwester Brunhild, in West-Berlin, bei der wir 1956 ein paar Tage zu Besuch waren.

Als meine Mutter uns wieder abholen wollte, hat Tante Brunhilde Christina im Schrank versteckt, da sie sie behalten wollte. Meine Mutter machte großen Lärm und wollte die Polizei rufen, da gab sie Christina frei und wir sind nicht wieder nach West-Berlin gefahren.

Wir haben später von meiner Tante Gerti erfahren, dass Wilfried von seinem Bruder Harald und seinem Schwager ermordet wurde. Es war ein spektakulärer Mord, wie die Medien im Westen berichteten.

Zum Geburtstag und zu Weihnachten hat Harry uns immer was geschenkt.

Als wir noch klein waren, kam er zu uns nach Hause und später sind wir zu ihm und seiner Frau gegangen (sie wohnten am Steintor) und haben unsere Geschenke abgeholt. Er hatte wieder geheiratet und hatte einen Sohn, Detlef. Soweit ich weiß, hat er immer Unterhalt für mich gezahlt.

Ich suche so oft in meinen Erinnerungen nach schönen Stunden, die wir gemeinsam verbracht haben und habe nur den Krug zum grünen Kranz im Gedächtnis, wo wir manchmal zum Kaffeekränzchen mit Musik waren. Da waren wir (Christina und ich) ungefähr fünf bis sechs Jahre alt. Es war ein schönes Ausflugslokal an der Saale. Auch kann ich mich nicht erinnern, dass meine Mutter mich mal in den Arm genommen oder sogar geküsst hat. Liebe haben wir von unserer Mutter nicht bekommen oder das Gefühl für eine Familie.

Meine Mutter hat noch zwei Schwestern, Karla und Gertud. Mit Tante Gertrud hatte sie immer Kontakt. Diese hat insgesamt vier Kinder, Edith, Werner und noch zwei kleine Jungen. Die beiden großen Kinder wurden von der Mutter Gertrud kurz vor dem Mauerbau 1961, in der DDR bei ihren Großeltern zurückgelassen.

Tante Gertrud ist oft in den Westen gefahren und hat dort wohl jemanden kennengelernt und wollte dort für immer bleiben. Sie fuhr alleine in den Westen und sagte zu meiner Mutter, sie solle ihre zwei kleinen Jungen in den Westen bringen. Bei meiner Mutter fiel das nicht auf, da in ihrem Ausweis zwei Kinder drin standen und sie im Westen auch Verwandte hatte.

Ich glaube sie ahnte nicht, auf was sie sich da eingelassen hatte. Rüber konnte sie ja, aber was wäre gewesen, wenn bei der Rückkehr bemerkt worden wäre, dass sie keine Kinder bei sich hatte? Ich denke, da hatte sie ganz schön was auf sich genommen.

Wenn Edith nicht konnte oder wollte, musste Christina dem Opa helfen, wenn er Pfingstrosen bekam. Sie musste die gebündelten Blumen in den Schuppen tragen und am nächsten Tag auf einen Leiterwagen packen und auf einem Stand auf dem Wochenmarkt die Blumen verkaufen. Vor Weihnachten musste sie Tannenbäume verkaufen mit Opa. Er erzählte, wie frisch die Nadeln sind und wie schön der Baum gewachsen ist, dabei war er fast blind. Christina musste dann das Geld einkassieren und den Baum verschnüren.

Wenn wir mit unserer Mutter zu Oma und Opa gefahren sind, dann hat Oma immer alles weggepackt und meine Mutter bekam einen Kaffee vom zweiten Aufguss. Tante Karla und ihre Kinder, Hans und Lena, bekamen immer mehr als Christina und ich.

Oma war ganz schön geizig. Sie versteckte sogar die Geschenke für Lena und Hans, damit wir nicht sahen, was die alles bekamen. Christina und ich, wir bekamen dann ein paar Kekse und vielleicht eine Tafel Schokolade.

Von Opa bekamen wir, wenn wir auf seinem Schoß saßen, immer 50 Pfennige. Dann sagte er zu uns, wir sollen es nicht Oma sagen. Heute weiß ich warum.

Wir hatten ja im Sommer kurze Kleider an und wenn wir auf seinem Schoß saßen, fuhr er mir immer über die nackten Oberschenkel und hopste mich in die Höhe.

Es war Sommer 1960. Meine Mutter, Christina und ich waren bei Tante Karla (Muttis jüngste Schwester) und

Onkel Karl (ihr Mann), die auch zwei Kinder hatten. Hans und Lena waren ungefähr in unserem Alter.

Onkel Karl hatte ein Motorrad mit Beiwagen und wir wollten so gerne einmal mitfahren. An diesem Tag durften wir es. Christina setzte sich in den Beiwagen und ich auf ihren Schoß. So fuhren wir eine Weile durch die Gegend, als vor uns ein Russenlastwagen plötzlich bremste und unser Onkel nur noch den Lenker rumdrehen konnte, um nicht unter den Laster zu geraten. Ich flog nach vorn in die Windschutzscheibe, aber meine Schwester bekam einen Schlenker und knallte mit dem Kopf an den Russenwagen.

Sie hatte eine Platzwunde über und unter dem linken Auge.

Die Russen haben Christina sofort in das nächste Krankenhaus gebracht, da mit meinem Onkel nichts anzufangen war. Ein fremder Mann, der hinter uns gefahren ist, und alles mit verfolgt hatte, fragte meinen Onkel, ob er mich nach Hause bringen soll, da er ja mit ins Krankenhaus musste. Er war einverstanden und gab dem Mann die Adresse.

Er fuhr mich zu meiner Mutter und Tante Karla. Ich sehe heute noch die aufgerissenen Augen von meiner Mutter und immer wieder die Frage, wo ist Christina?

Ich konnte erst gar nicht sagen, was passiert war, da ich nur weinte und mein Auge zusehends blau wurde. Der Mann hat dann erzählt, was passiert ist und dass Christina im Elisabeth- Krankenhaus ist. Er hatte meine Mutter gleich ins Krankenhaus gefahren.

Als sie dort ankam, war Christina nicht mehr da. Sie

hatte sich übergeben, was ihr Glück war, denn daraufhin wurde sie geröntgt. Auf den Röntgenaufnahmen konnte man sehen, dass sie Blutgerinnsel im Gehirn hatte.

Meine Mutter erfuhr, dass sie in der Universitätsklinik lag und fuhr dort hin. Als sie ankam, sagte der Arzt ihr, dass es sehr schlecht um Christina steht und sie musste sofort die Einwilligung zur Operation geben.

Der Arzt sagte, dass es nicht viel Hoffnung gibt. Entweder sie stirbt oder sie behält einen geistigen Schaden zurück.

Doch allem zum Trotz ist beides nicht eingetroffen. Dank ihres starken Herzens, sagte der Arzt, ist die Operation gut verlaufen und sie wurde wieder gesund.

Wie ich später erfahren habe, hatte mein Onkel Karl Alkohol getrunken und meine Mutter wollte nicht, dass wir mitfahren, doch wir hatten so gedrängelt, dass sie schließlich einwilligte.

Onkel Karl und Tante Karla haben meine Mutter danach so lange bearbeitet und ihr erzählt, was das für die Familie bedeutet, da Karl seinen Führerschein los gewesen wäre und er brauchte ihn für die Arbeit als Kohlefahrer und er ist doch in der Partei, was das für ein Licht auf ihn wirft, bis sie auf eine Anzeige verzichtete.

Und das Schärfste ist, Onkel Karl war nicht einmal im Krankenhaus, um Christina zu besuchen. Aber die Russen aus dem Lastwagen haben Christina besucht und ihr was mitgebracht, obwohl sie gar keine Schuld hatten.

Meine Mutter war schwanger und vor der Entbindung mussten Christina und ich in der Zeit der Entbindung, das waren 14 Tage, da meine Mutter einen Kaiserschnitt hatte, in ein Kinderheim in der Diesel Straße. Ich habe immer noch die Erinnerung daran, dass ich von einer Erzieherin eine Ohrfeige erhalten habe. Warum weiß ich nicht mehr, aber die Ohrfeige sitzt im Kopf.

Am 08.11.1960 kam unsere Schwester Karola zur Welt. Ein hübsches Mädchen. Schwarze Haare und braune Augen. Eine süße kleine Puppe.

Als wir nach Hause durften, sahen wir unsere kleine Schwester. Meine Mutter sagte, das ist Karola eure Schwester. Später fand Christina im Küchenschrank die Vaterschafts- Anerkennung von Bruno Fizani, einem italienischen Opernsänger. Da meine Mutter ja bei der Familie Eichhorn gearbeitet hatte und die „Herrschaften" im Steintor- Varieté verkehrten, lernte sie wohl da diesen Bruno Fizani kennen.

Da Christina ja die Ältere war, nahm meine Mutter sie in der achten Klasse aus der Schule (was man als Elternteil durfte) und sie musste ihr am Morgen in der Gaststätte beim Saubermachen helfen und auf Karola aufpassen. Ich ging ja noch zur Schule. Manchmal musste sie auch am Abend mit in die Küche in der Gaststätte und Kartoffelsalat und Würstchen für die Gäste machen und raus geben oder Kaffee und Tee für sie kochen. Die Küche hatte bis 22:00 Uhr geöffnet und so lange musste Christina arbeiten.

Dann gab es einen Gast, für den hat meine Mutter Hemden gebügelt und Christina musste sie zu ihm nach Hause bringen. Sie klingelte, die Tür ging auf und er stand im Bademantel da und sein Geschlechtsteil hing heraus. Er machte das immer so und Christina hat es unserer Mutter gesagt und sie sagte, sie redet mit ihm. Aber geändert hatte sich nichts. Ich weiß nicht, was die Kerle dachten, dass Christina Freiwild ist?

Mir fehlt auch die Erinnerung, dass wir alle zusammen am Tisch beim Abendbrot oder Mittag saßen. Manchmal mussten wir am Sonntag mit der Milchkanne oder dem Kochtopf zum Reileck laufen. Dort gab es eine Pferdegaststätte, die auch außer Haus verkaufte und nicht teuer war. Wir kauften meistens Pferde-Buletten mit Soße. Wahrscheinlich gab es nur Kartoffeln dazu. Da wir ja nicht verwöhnt waren, schmeckte uns das.

Mir fällt ein, dass sie doch gekocht haben muss, da ich von zu Hause Graupensuppe kenne. Wir haben dazu Kälberzähne gesagt. Es war eine etwas dicke Pampe mit wenig Fleisch. Heute koche ich sie herzhaft mit Kasseler und Suppengemüse.

Jeden Morgen durften wir uns aus der Servierschürze von meiner Mutter eine Mark rausnehmen, um beim Bäcker unser Frühstück zu kaufen, in Form einer Maulschelle oder einer Schnecke. Meine Mutter hat nie für uns Frühstücksbrote gemacht. Ich habe meine Maulschelle immer mit einer Schulfreundin getauscht. Ich mochte Brot gerne.

Auch sonst unternahmen wir fast nichts zusammen. Auch meine Schwester Christina kann sich an nichts erinnern. Jetzt stellt sich immer öfter die Frage – Warum unternahmen wir nichts? Hatte meine Mutter so viel zu tun bei dem Eichhorn und vergaß dabei ihre Kinder? War die Arbeit für sie wichtiger als wir? Wo war denn das ganze Geld, was sie verdient hatte? Warum hatte sie keine Zeit für uns? Warum hat sie sich nicht um den Haushalt gekümmert? Fragen über Fragen, die leider nicht mehr beantwortet werden können.

Dann kam der 01. Januar 1967. Meine Mutter, war wie immer ab 17:00 Uhr in der Gaststätte, zu den Eichhörnern und hat die Gäste bedient.

Doch als sie in dieser Nacht nach Hause kam, konnte sie die Stiefel nicht mehr ausziehen, so geschwollen waren ihre Füße. Am nächsten Morgen ging sie zum Arzt und dieser schickte sie sofort ins Krankenhaus. Sie musste dort bleiben. Nach einigen Untersuchungen stellte der Arzt die Diagnose Wasser. Das Wasser stieg von den Beinen nach oben und konnte das Herz abdrücken.

Wenn ich manchmal mit im Krankenhaus war, war sie aufgedunsen vom Wasser und das andere Mal wieder ganz dünn, als wenn sie nichts zu essen bekam. Ich glaubte, es ging ihr sehr schlecht. Ich hatte erst viel später erfahren, dass sie Blut-Krebs hatte. Ich wusste nur von Wasser, das zum Herzen ging.

Naja, ich war 14 Jahre alt, da sagt man dem Kind nicht, deine Mutter hat Krebs.

Da ich noch zur Schule ging, war ich nicht jeden Tag im Krankenhaus, aber 3-4 mal in der Woche und das ging von Januar bis März. Seit diesem Tag war meine Schwester Christina Mädchen für alles. Sie kümmerte sich um uns, schickte mich zur Schule, beschäftigte sich mit Karola, ging jeden Tag ins Krankenhaus und bekam täglich das Kostgeld von unserer Mutter, um uns zu ernähren. Manche Tage ging sie noch putzen bei der Frau Eichhorn. Die hatte ihre Wohnung direkt über der Gaststätte. Sie gab Klavier-Unterricht und hatte fünf Hunde von der Rasse Rehpincher. Wenn schlechtes Wetter war, musste Christina mit ihnen spazieren gehen, da die »Dame« bei so einem Wetter nicht vor die Tür ging.

Das ging drei Monate gut, bis uns jemand beim Jugendamt angezeigt hatte. Ich dachte immer, dass es meine Tante Karla war, die meine Mutter nicht so mochte, seit dem Unfall mit Onkel Karl und seinem Motorrad. Doch viel später erfuhren wir, dass es die Nachbarin war.

Natürlich lief nicht alles so, wie es sein musste. Wir haben uns nicht regelmäßig gewaschen, die Zähne nicht immer geputzt, kein Schulbrot in der Schule und so einiges anderes. Christina sorgte schon für vieles, aber sie war ja auch nur ein Kind und nur ein Jahr älter als ich, bis dann das Ende kam.

Absatz 2 – Die Tragödie

2/1 – Das Heim

Morgens um 8 Uhr klingelte es und zwei Frauen standen vor der Tür. Sie kamen rein und fragten meine Schwester, ob sie Christina sei und ob das die kleine Karola ist und wo ist Gabriela? Christina sagte, dass ich in der Schule bin und erst mittags zurück komme. Da sagte die eine Frau, dass sie am nächsten Tag nachmittags wieder kommen würden. Wir sollten uns schön anziehen, da wir unsere Mutter im Krankenhaus besuchen werden. Wir freuten uns, dass wir mit einem Auto ins Krankenhaus fahren konnten, um unsere Mutter zu sehen.

Sie kamen 14 Uhr mit einem dunklen Barkas (Kleinbus) vorgefahren, der verdunkelte Scheiben hatte und luden uns ein. Wir fuhren ins Krankenhaus zu unserer Mutter und dort sagten sie uns, dass es nicht so weiter gehen kann, wir sind alle drei noch Kinder und können uns nicht allein versorgen. Außerdem gibt es so etwas nicht in diesem Land, dass Kinder auf sich allein gestellt sind. Aber wir machen das ja schon seit Januar, sagte Christina und unsere Mutter kommt ja bald aus dem Krankenhaus nach Hause. Die Frau sagte, dass es nicht klar ist, wann meine Mutter nach Hause kann und bis dahin müssen wir in ein Heim. Meine Mutter sagte, wenn meine Kinder in ein Heim kommen, das ist mein Ende. Aber darauf hörte niemand.

Karola blieb im Krankenhaus, da sie keinen Platz

für sie hatten. Christina und mich sperrten sie in ein Heim für Schwererziehbare Kinder, auf dem Goldberg in Halle.

Es war schlimm. Wir wurden genauso behandelt wie schwererziehbare Kinder. Es ging zu wie auf einem Kasernenhof und wer nicht mitspielte, bekam nichts zu essen, wurde verprügelt und durfte nicht zum Fernsehen. Für mich war das alles, als würde es in einem Film ablaufen. Ich glaube, da habe ich gelernt, Schlechtes einfach nach hinten zu schieben und es auf diese Weise nicht mehr richtig wahrzunehmen. Ich lernte zu verdrängen.

Nach(für mich) unendlich langer Zeit von 45 Tagen, brachte man mich nach Zeitz in ein Kinderheim. Es war ein schönes Heim und hieß, Am Knittelholz. Wie Tag und Nacht waren die Unterschiede zwischen dem Heim für schwererziehbare Kinder und dem Kinderheim. Ich weiß nicht, warum so viele Erinnerungen einfach weg sind. Auf alle Fälle hab ich in Erinnerung, dass eine breite Treppe vom Eingang nach oben führte.

Und das die Stadt Zeitz Jahresfeier hatte und wir Kinder aus dem Heim sind als Mönche in einer Kutte mit einem Strick um den Bauch und Latschen an den Füßen zu diesem Fest gegangen. Das Heim lag direkt am Wald und man konnte sehr gut dort spazieren gehen. Wenn ich nicht so Heimweh gehabt hätte, wäre der Aufenthalt ganz gut gewesen.

2/2 – Der Tod

Am 25.04.1967 holte mich der Heimleiter in sein Büro und teilte mir mit, dass meine Mutter gestorben ist und ich nach Halle zur Beerdigung fahren kann.

Ich glaube, in dem Moment habe ich mich so gefreut, dass ich alleine nach Halle fahren kann, ohne richtig wahrzunehmen, dass meine Mutter tot ist.

Ich durfte mit dem Zug alleine nach Halle fahren und wurde dort von einer Frau vom Jugendamt abgeholt und wir gingen zum Gertrauden- Friedhof. Dort fand die Trauerfeier statt. Meine Mutter bekam eine Urnenbeisetzung. Ich weiß nicht, wer das veranlasst hat. Endlich traf ich meine Schwester Christina wieder. Karola war nicht da, sie war wohl noch zu klein.

Wir haben nur geweint und gar nicht richtig mitbekommen, was eigentlich um uns herum passiert. Die Urne wurde in das Grab gelassen und danach sind wir zu Harry in die Wohnung. Dort haben wir gegessen und ich musste dann wieder zurück nach Zeitz ins Heim fahren. Christina durfte bei ihm bleiben, was ich gar nicht nett fand. Wieso musste ich ins Heim zurück und Christina nicht?

Zu dieser Zeit war ich sehr böse auf Harry, weil er mich wieder zurück geschickt hatte. Ich konnte die Bevorzugung Christinas einfach nicht verstehen.

Ich wusste auch nicht, dass er beim Jugendamt das Erziehungsrecht für uns beantragt hatte und schriftlich hinterlegt wurde, dass er mich nicht aufnehmen kann, da er einen beengten Wohnraum hat und deshalb die Heimeinweisung weiterhin anzuordnen ist.:

«Dem Vater wird empfohlen, enge Verbindung zu der Minderjährigen zu halten, um die Erziehungsarbeit zu unterstützen.«

Um mich haben sich Harry und seine Frau überhaupt nicht gekümmert. Wenn ich geschrieben habe und fragte, ob ich mal zu Besuch kommen darf, hatten sie immer eine Ausrede. Mal sind sie weggefahren, mal hatten sie den Maler in der Wohnung usw. Sie wollten nicht, dass ich komme, was mich bestätigte, dass er nicht mein Vater ist.

Christina musste in der Küche auf dem Sofa schlafen.

2/3 – Christinas Leid

Wie ich erfahren habe, hat Christina die Nachricht vom Tod unserer Mutter erst eine Woche später erfahren, als sie sich erkundigen wollte, wie es unserer Mutter geht. Sie durfte sie einmal pro Woche im Krankenhaus anrufen und sich nach ihrem Befinden erkundigen. Die Schwester am anderen Ende der Leitung sagte zu Christina ja weißt du denn nicht, dass deine Mutter tot ist? Sie hat geschrien und hatte einen Nervenzusammenbruch erlitten, der aber nicht behandelt wurde.

Das war der erste Schock und nicht der Letzte.

Nachdem sie eine Woche bei ihrem Vater gewohnt hatte, ging er mit ihr ins Alten-und Pflegeheim in der Beesener Straße. Er hat sie da abgeliefert und gesagt, dass sie hier arbeiten und wohnen kann.

Das war der zweite Schock, den Tod meiner Mutter

hatte sie noch nicht verkraftet und da steckt der Kerl sie im Alter von 16 Jahren, in ein Altenheim, wo man nur Krankheit, Alter und den Tot sieht. Dadurch fingen bei ihr die ersten Anzeichen von Depressionen an.

Wie sie mir später erzählte, ist sie manchmal aufgestanden, hat den Schlafanzug nicht mal ausgezogen und sich auf einen Stuhl gesetzt und nichts gemacht. Sie setzte sich einfach hin und machte den ganzen Tag lang nichts. Ich hab gar nicht gewusst, dass sie so sehr gelitten hatte. Ich wusste nicht was Depressionen sind und wie gefährlich diese Krankheit sein kann. In diesen Phasen ist sie nicht zur Arbeit gegangen und das war eine Straftat in der DDR, wie sich noch zeigen sollte.

In der DDR musste jeder arbeiten, außer man konnte nachweisen, wovon man seinen Lebensunterhalt bestreitet(zum Beispiel man ist verheiratet und der Mann ernährt einen). Wenn der Nachweis nicht erbracht wurde, zählte man zu den Assozialen, die ihren Lebensunterhalt durch sonst was bestritten und sie galten als Abschaum.

Durch das Urteil des Kreisgerichts Halle- Ost vom 26.08.1969 wurde Christina wegen Gefährdung der öffentlichen Ordnung durch asoziales Verhalten gemäß § 249 Abs.1 StGB/DDR zu drei Jahren Arbeitserziehung und staatlicher Kontroll- und Erziehungsaufsicht verurteilt. Aufgrund dieses Strafverfahrens befand sie sich in der Zeit vom 01.09.1969 bis zum 11.05.1971 in der Strafvollzugsanstalt Roter Ochse in Halle (Saale).

Es wurden keine Ermittlungen oder Untersuchungen angestellt, warum Christina nicht gearbeitet hatte.

Nein, sie wurde einfach in das Gefängnis Roter Ochse in Halle gebracht.

Sie musste zwei Jahre absitzen und kam dann mit ein paar Mark raus, bekam ein möbliertes Zimmer und Arbeit in den Kleiderwerken als Näherin zugewiesen. Dort wurden Uniformen für die Armee genäht.

Nach dieser Inhaftierung hatte meine Schwester versucht sich umzubringen. Sie hatte sich in meiner Wohnung die Pulsader aufgeschnitten. Doch dann dachte sie an mich und ist zu einem Arzt gegangen, der sie behandelte, aber nicht anzeigte. Dies war auch ein Verbrechen in der DDR, da man dem Staat seine Arbeitskraft entzog. Sie kam einfach mit der ganzen Situation und dem Knast nicht zurecht.

Dann lernte sie Horst Göttert kennen, mit dem sie sich gut verstand und zog im Oktober 1971 zu ihm. Er hatte ein Haus in Wörmlitz und bewohnte es mit seinem Bruder Rolf, der durch einen Unfall querschnittsgelähmt war.

Christina übernahm die Pflege für den Bruder und machte den Haushalt.

Am 13.11.1972 standen zwei Männer in Zivil vor meiner Tür und fragten, wo meine Schwester Christina ist. Ich fragte warum und sie sagten, dass geht mich gar nichts an und wenn ich nicht gleich sage, wo meine Schwester wohnt, dann kann ich Ärger bekommen. Ich sagte ihnen, dass sie bei ihrem Freund wohnt, aber die Straße nicht weiß. So musste ich in ihr Auto einsteigen und sie hinführen.

Sie haben geklingelt und als Christina öffnete nahmen sie sie einfach mit. Es wurde ihr nicht gesagt warum, auch Sachen konnte sie nicht mitnehmen. Man steckte sie einfach ins Auto und fuhr weg.

Mich ließen sie einfach stehen, wie eine Dumme, die ihre Pflicht getan hatte und nun nicht mehr gebraucht wurde. Da wurde mir bewusst, dass die Männer von der Stasi waren.

Im Rahmen eines Schnellverfahrens wurde Christina zu fünf Jahren Arbeitserziehung und staatlicher Kontroll- und Erziehungsaufsicht verurteilt. Ihr Fehler war, sie meldete den zuständigen Stellen nicht, dass sie umgezogen war und den Bruder pflegte. Ich habe das nicht gewusst. Ich kam mir wie eine Verräterin vor.

Aus diesem Grund wurde sie zum zweiten Mal inhaftiert und befand sich in der Zeit vom 13.11.1972 bis zum 03.11.1975 in der Strafvollzugsanstalt Halle. Sie musste drei Jahre absitzen. Als die Zeit um war, wurde sie mit 250 Mark entlassen. Obwohl sie im Knast arbeiten musste, hatte sie nicht mehr Geld bekommen. Es gab im Monat 18 Mark zum Einkauf und dafür musste man sich zuerst Zahncreme und Binden kaufen. Für den Rest gab es ein paar Zigaretten und vielleicht mal ein Stück Schokolade. Außerdem musste sie die ganzen drei Jahre für ihre Wohnung jeden Monat Miete zahlen.

Ich verstehe aber Christina auch nicht. Sie wusste doch, was passieren kann, wenn man nicht arbeitet. Wieso hatte sie sich nicht erkundigt?

Danach lernte sie Klaus kennen, ihren späteren Mann. Mit ihm bekam sie zwei Jungen, Daniel und Stephan.

Doch hatte sie mit Klaus auch nicht so viel Glück. Er arbeitete erst als Lackierer, und als die Firma dicht machte war er Kraftfahrer und fuhr Brot und Brötchen aus. Das ging eine Weile gut, bis er anfing mit trinken. Erst nur wenig, dann immer mehr. Es war nachher so schlimm, dass Christina sich von ihm trennte wegen der Kinder.

Die Jungen sind heute ordentliche junge Männer.

Absatz 3 – Das neue Leben

3/1 – Das Jugendwohnheim

Am 01.09.1967 wurde in Halle das erste Jugendwohnheim für elternlose Kinder, die eine Lehre absolvierten, eröffnet. Es war eine ehemalige Schule in Halle- Trotha in der Pfarrstraße.

Es war ein schönes altes Haus. Nach dem wir noch ein bisschen beim Umbau geholfen hatten, konnten wir einziehen.

Die Mädchen hatten ihr Reich oben und die Jungen unten.

Montag, Dienstag, Donnerstag und Freitag hatten wir Ausgang bis 19 Uhr. Mittwoch und Sonntag bis 21 Uhr und Sonnabend bis 22 Uhr. Es kam selten vor, dass wir samstags pünktlich waren. Dafür hatten wir dann am Sonntag Ausgangssperre.

Meine Freundin Ilona und ich lernten im Freibad zwei nette Ungaren kennen, Joschka und Ferrenz, die in der DDR arbeiteten und in Trotha im Hochhaus wohnten. Wir verstanden uns prächtig.

Eines Tages trafen wir uns wieder mal mit ihnen und sie nahmen uns mit in ihre Wohnung. Sie kochten ungarisches Gulasch und wir tranken etwas und hatten viel Spaß. Dann haben wir bei ihnen geschlafen und sind in dieser Nacht nicht ins Heim zurück gegangen.

Am nächsten Tag kam das Erwachen, denn wir waren noch nie eine ganze Nacht fort gewesen. Nun trauten wir uns nicht zurück und sind bei den Ungaren geblieben.

Die beiden sind am Morgen zur Arbeit und Ilona und Ich haben geputzt und gekocht, bis die zwei wieder nach Hause kamen. Das war richtig schön, wie eine Familie, wenn da nicht im Hinterkopf das Jugendwohnheim gewesen wäre. Das ging ein paar Tage so, bis die Polizei am dritten Tag an der Tür klingelte und ich aufmachte. Sie nahmen uns einfach mit nach unten und wir mussten in das Polizeiauto einsteigen. Wir kamen uns wie zwei Schwerverbrecher vor und dachten, die bringen uns ins Jugendwohnheim zurück. Oh nein, es wäre zu schön gewesen, denn was jetzt folgte, war für mich sehr demütigend und beschämend.

3/2 – Der Schock

Sie fuhren uns in die Innenstadt von Halle in eine Nebenstraße vom Marktplatz, in die »kleine Klausstraße". Dort befand sich die Poliklinik- Mitte, die verschiedene ärztliche Abteilungen hatte.

Was wohl die wenigsten wussten (ich wusste es auch nicht), dass die Klinik auch eine geschlossene Station in der oberen Etage hatte. Die sogenannte V-Station.

Dort brachten uns die Polizisten in die erste Etage und klingelten an einer verschlossenen Milchglastür. An der Tür steht V –Station. Eine Schwester machte auf und wir mussten rein. Die Polizei ging mit der Schwester in ein Büro und wir mussten auf dem Flur warten. Die Polizisten sind dann wieder weg und es wurde hinter ihnen abgeschlossen.

In einem Sprechzimmer nahm die Schwester unsere Personalien auf und dann mussten wir uns nackt ausziehen. Wir wurden auf dem Kopf, unter den Armen und an den Schamhaaren nach Läusen und Ungeziefer untersucht. Dann mussten wir noch Kniebeugen machen und uns bücken. Es war so erniedrigend, wie ich es noch nie erlebt hatte. Solche Situationen kannte ich nur aus Filmen der Nazi-Zeit, wenn die Juden und politisch Verfolgten in ein Konzentrationslager kamen.

Unsere Sachen wurden weggenommen, bis auf die Unterwäsche und wir bekamen einen grauen Kittel, den wir anziehen mussten. Danach wurde geduscht und wir mussten in das Behandlungszimmer, wo wir uns auf den Untersuchungsstuhl legen mussten. Dort hat uns die Schwester im Genitalbereich rasiert.

Das hat so gebrannt und tat weh. Als ich auf die Toilette ging, sah ich, dass mein Schlüpfer voll mit Blut war, da die Schwester es wohl mit einer stumpfen Klinge getan hatte. Danach ging es in ein Krankenzimmer, wo acht Betten waren.

Sieben waren schon belegt und ich bekam das achte Bett zugeteilt. Ilona kam in ein anderes Zimmer. Es gab drei solcher Zimmer und die Mädchen und Frauen waren unterschiedlichem Alters. In der Mitte standen zwei Tische mit Stühlen, wo man sich den ganzen Tag aufhalten konnte. Die Betten waren immer belegt.

Ich habe das alles hingenommen, als wenn ich das nicht wäre. Ich konnte es nicht begreifen. Wieso bin ich eingesperrt? Was habe ich denn getan? Warum bin ich hier? Und wieso vier Wochen?

Am nächsten Morgen mussten alle um sechs Uhr aufstehen, sich waschen und in einer Reihe vor dem Behandlungszimmer antreten. Ich fragte, was das soll und man klärte mich auf:

Ich bin auf der »Tripperburg«, eine Abteilung für Geschlechtskrankheiten. Jeden Morgen wurde ein Abstrich genommen, um zu sehen, ob man geschlechtskrank war oder nicht. Was wusste ich denn, was ein Abstrich ist. Ich hatte noch nie etwas mit dem Frauenarzt zu tun. Der Ungar war mein erster Freund, mit dem ich geschlafen hatte. Ich hörte, wie die Mädchen leise sagten, die Kurbel-Dora hat Dienst. Ich wollte fragen, wer das ist, aber da war ich schon an der Reihe und musste es am eigenen Leib spüren, wer Kurbel-Dora ist.

Ich musste mich auf einen Behandlungsstuhl legen und die Schwester schob mir ein Glasrohr in meine Vagina, um einen Abstrich zu machen. Das tat so weh und brannte wie Feuer, so dass ich laut aufschrie. Dafür bekam ich von der Schwester mit der Zange eine auf die Innenseite der Oberschenkel geknallt und sie sagte, ich soll mich nicht so anstellen, wenn ich bei den Kerlen einen rein bekommen hab, da hab ich auch nicht geschrien. Sie klatschte mir noch eine Vorlage zwischen die Beine, da ich blutete und sagte: der Nächste.

Ich weinte, denn so etwas hatte ich noch nicht erlebt. Vor allem konnte ich nichts machen und war machtlos. Warum, warum nur? Ich bin dann auf die Toilette gegangen und sah, dass ich sehr stark blutete und es brannte höllisch.

Danach gab es Frühstück und dann konnte man warten bis es Mittagessen gab, dann war Mittagsruhe. 17 Uhr war Abendbrotzeit und dann warteten wir auf den nächsten Tag. Man musste sich den ganzen Tag ruhig verhalten. Das Schwesternzimmer stand immer offen und wenn man mal etwas lauter geredet hatte oder es wurde gelacht, wurde derjenige ins Schwesternzimmer gerufen.

Von der Schwester bekam man eine Strafe in Form von den ganzen Tag im Flur stehen«, was ich auch mal musste. Da konnte man sich nicht einmal hinhocken, nein. Die Schwester schaute sehr oft aus dem Behandlungszimmer und wenn sie sah, dass man nicht stand, wurde die Zeit verlängert.

Das sollte ich jetzt vier Wochen aushalten.

Es gab noch eine Abwechslung in diesen Räumen. Wer alles mitgemacht hatte und andere verpetzte, durfte abends, wenn die Patienten nicht mehr da waren, einige Krankenräume sauber machen. Dafür gab es einige Zigaretten. (Dadurch waren sie kostenlose Reinigungskräfte.) Ilona und ich durften natürlich solche Arbeiten nicht tun, da wir das erste Mal hier waren und vielleicht abhauen. Wer von der Station abgehauen ist, dem wurde der Kopf kahl rasiert und er bekam eine Fieberspritze, nachdem man ihn wieder eingefangen hatte.

Und das Schlimmste waren die Fieberspritzen.

Jeden Mittwoch gab es Fieberspritzen. Das sind Spritzen, die Fieber erzeugen, Kopfschmerzen, Schüttelfrost und Brechreiz. Diese Spritzen bekamen immer so drei bis vier Frauen.

Ich weiß nicht, nach was für ein Schema der Oberarzt Dr. Münx da vorgegangen ist, denn er gab die Anweisung, wer eine Spritze bekam.

Auch ich habe so eine Spritze bekommen. Das waren Zustände wie im KZ, wo Serum getestet wurde. Keiner wusste vorher, wer eine Spritze bekam. Nach dem Frühstück, ungefähr 10:00 Uhr, wurde ich in das Behandlungszimmer gerufen und mir wurde eine Spritze in den Arm gegeben. Als ich raus kam, sagten die Mädchen, ich solle mich gleich hinlegen, denn durch die Spritze würde es mir schlecht gehen. Sie deckten mich mit vier Decken zu und dann ging es auch schon los.

Zuerst wurde mir kalt und ich zitterte am ganzen Körper. Ich konnte gar nicht aufhören und ich hatte das Gefühl, als ob ich meinen Körper nicht mehr unter Kontrolle hatte. Ich hatte so einen Schüttelfrost, wodurch das ganze Bett wackelte und ich mich nicht mehr beruhigen konnte. Dann kamen die Kopfschmerzen, die einem das Gefühl gaben, als wenn sich die Schädeldecke abheben will. Auch das helle Licht verursachte Schmerzen, dann kam die Übelkeit und der Brechreiz, der mich bestimmt sechs Mal zur Toilette schickte bei dieser Kälte, die ich empfand und diese verdammten starken Kopfschmerzen. Du kannst nichts dagegen tun, da es ja keine Kopfschmerztabletten gab oder etwas gegen die Übelkeit. Nein, du musstest alles durchstehen ohne Hilfe. Ich habe so geweint, aber da wurden die Kopfschmerzen noch schlimmer und so versuchte ich es nicht mehr zu tun. Ich lag im Bett, eingerollt wie ein Embryo und wartete darauf, dass es aufhört und alles nur ein Traum war. Diese Qualen dauerten ungefähr von 10 Uhr bis irgendwann in der Nacht.

Ich war danach fix und fertig. Am nächsten Morgen um sechs Uhr musste ich natürlich wie alle anderen im Flur anstehen zum Abstrich.

Mir war so elend und ich hatte gar keine Kraft, um zu stehen. Mein ganzer Körper war wie ausgezehrt und da waren ja noch die Kopfschmerzen, die noch fast den ganzen Tag anhielten. Natürlich durfte ich mich nicht wieder hinlegen.

Wie ich später erfuhr, war der Dr. Münx früher bei den Nazis und hatte von Hitler ein Bild in seinem Schrank.

Nach vier Wochen wurden wir entlassen und vom Heimleiter abgeholt und wieder ins Heim gebracht.

Ich kann das alles nicht vergessen und es kommt immer öfter in mein Gedächtnis und lässt mich nicht mehr los Damals war man hilflos und wusste nicht, dass es menschenunwürdig ist.

Heute sollte man der Welt erzählen, was der sozialistische Staat mit seinen Bürgern getan hat. Wenn ich heute so nachdenke, war das - Freiheitsberaubung, in Form einer Verwahrung - Körperverletzung, in Form der brutalen Untersuchung Letztlich wurden wir vermutlich als Versuchsmenschen benutzt, um ein Serum zu testen, was Fieber, Übelkeit, Erbrechen und Kopfschmerzen hervor rief.

Es wurde nie über die Tripperburg gesprochen, da sie als verrucht galt. Man sagte, wer da rein kam, war eine Schlampe und hatte häufigen Geschlechtsverkehr mit verschiedenen Männern, anders gesagt eine Hure.

Auch heute noch bedarf es eine Überwindung, darüber zu sprechen. Aber ich muss es einfach mal erzählen, was die Behörden mit uns gemacht haben.

Wir schreiben jetzt das Jahr 2013 und meine Schwester Christina, rief mich an und sagte, dass ein Artikel in der Zeitung von Halle über die Tripperburg steht. Eine Telefonnummer von einem Herrn Koch, der Landesbeauftragte für die Unterlagen des Staatssicherheitsdienstes der ehemaligen Deutschen Demokratischen Republik war dabei. Es wurde dazu aufgerufen, dass sich jeder melden kann, der etwas dazu sagen möchte. Da mir das sehr am Herzen liegt, habe ich zum Hörer gegriffen und Herrn Koch erzählt, dass ich auch in der Poliklinik Mitte war und er sagte, ich solle ihm kurz schildern, was passiert ist und es ihm per Email schicken.

Nach ein paar Tagen, fragte er mich, ob er die Aufzeichnungen einer Redakteurin vom MDR geben kann und diese sich dann bei mir meldet. Ich war einverstanden. Kurz darauf rief mich die Redakteurin an und fragte, ob sie mich über das Thema interviewen kann. Ich fuhr nach Halle und wir machten das Interview. Leider bekam sie keine Dreherlaubnis in der Klinik, obwohl diese geschlossen war. Hat man da etwas zu verbergen? In einem Raum haben wir dann über alles geredet und ihre Leute haben alles aufgenommen. Jeden Mittwoch 20:15 Uhr auf MDR, kommt die Sendung »Zeitgeschehen«. In einer der Sendungen kam ich auch mit dem Interview vor. Nur über die Spritzen, die Dr. Münx uns verabreichen ließ, wurde nicht berichtet. Nach einer Nachfrage meinerseits, wurde mir mitgeteilt, dass es vielleicht noch eine Sendung gibt.

Nun warte ich darauf, denn die Spritzen waren doch mit das Schlimmste, wodurch man ja krank wurde, wie Fieber, Schüttelfrost und Kopfschmerzen und eine sehr wichtige Sache ist.

3/3 – Zurück im Heim

Ich hatte den Heimleiter gefragt, warum er uns eingesperrt hat, da wir ja nichts verbrochen hatten und auch nicht geschlechtskrank waren. Da sagte er: »Zur Abschreckung der Anderen.«

Wir haben die beiden Ungaren nie wieder gesehen. Wir hörten, dass sie Ärger bekommen hatten, weil wir bei ihnen geschlafen hatten. Sie wurden nach Hause geschickt.

Ilona und ich haben uns dann natürlich mit Jungs zurück gehalten. Wir sind immer pünktlich im Heim gewesen und haben keine Abenteuer unternommen.

An einem warmen Sommerabend, so gegen 20:30 Uhr, waren wir auf dem Weg ins Heim, da trafen wir zwei Kerle, die gut aussahen und auch sehr nett waren. Sie fragten, ob wir uns mal wieder treffen wollen und redeten noch so einiges Belangloses. Wir hatten nun schon einige Zeit vertan und mussten ja 21:00 Uhr im Heim sein. Wir sagten den Jungs, dass wir keine Zeit mehr haben und die Abkürzung durch das Freibad nehmen. Sie sagten, dass sie uns noch bis zum Heim bringen.

Wir gingen also durch das Freibad, was zu dieser Zeit noch nicht besucht war und da griffen uns die Kerle an und schmissen uns zu Boden. Ich habe gekämpft wie eine Löwin und konnte nicht verhindern, dass der eine Kerl meinen Slip auszog. Irgendwie konnte ich ihm dann aber entweichen und lief weg. Als ich merkte, dass Ilona sich nicht befreien konnte, rannte ich zurück und sah, wie der Kerl sie vergewaltigte. Ich schrie »du Schwein« und er ließ von ihr ab und lachte.

Ich dachte, dass kann doch nicht sein. Ich nahm Ilona, sie weinte und wir rannten schnell aus dem Freibad ins Heim.

Wir wollten es erst unserer Erzieherin erzählen, aber dann dachten wir an die »Tripperburg« und da wagten wir es aus Angst nicht, weil sie uns wieder in die Poliklinik- Mitte gesteckt hätten.

Am nächsten Tag waren die beiden Kerle vor unserem Heim und wollten uns abholen. So viel Frechheit habe ich noch nie erlebt.

Wir haben unseren Jungs aus dem Heim gesagt, sie sollen uns mal helfen, die zwei machen uns an und wir wollen von ihnen nichts wissen Da haben unsere Jungs sie dann vertrieben und wir hatten unsere Ruhe.

Absatz 4 – Über 18

4/1 – Das fängt ja gut an

Mit 19 Jahren bekam ich ein Zimmer, in dem ein Tisch, zwei Stühle, ein Schrank und ein Bett standen. Es war trostlos, aber immerhin hatte ich jetzt ein eigenes Zuhause. Ich fing bei der Firma Ernst Stegemann an zu arbeiten. Es war eine Presserei und wir stellten Schwimmer für den Toiletten-Spülkasten her. Ich musste eine Presse bedienen. Zuerst musste ich einen Sack mit Granulat aus dem Keller holen (25kg).

Dann wurde das Zeug in die Formen der Presse geschüttet und die Presse wurde heruntergefahren und geschlossen. Durch die Hitze formten sich die Schwimmer. Nach dem sie rausgenommen wurden und etwas kalt waren, wurden sie entgratet und waren dann fertig. Es war nicht weit von meiner Wohnung und ich konnte hinlaufen.

Ich lernte Ina kennen, eine selbstbewusste junge Frau.

Sie wohnte in Leuna, hatte eine richtige Wohnung und da ich alleine war, habe ich manchmal das Wochenende bei ihr übernachtet. Sie hatte immer so schicke Sachen und ich fragte, wo sie die Sachen herbekommt. Da sagte sie zu mir, komm doch mal mit, dann siehst du, wo ich sie her habe. Wir gingen am nächsten Tag in die Stadt in ein Kaufhaus und sie probierte einige hübsche Kleider an. Es waren vielleicht fünf und drei hängte sie wieder zurück. Ich sagte ihr, dass es

Diebstahl ist. Sie sagte: »Warum sollen wir nicht auch mal schöne Sachen anziehen, auch wenn wir nicht so viel Geld verdienen, um uns so etwas zu kaufen.«

Es verging einige Zeit, es war inzwischen April und ich dachte schon gar nicht mehr an den Diebstahl. Wir waren unterwegs und auch in einem Kaufhaus und da hat sie es wieder getan. Sie hatte schon einige Klamotten heimlich eingesteckt, in der Zeit als ich auf Toilette war, weil ich nicht klauen wollte und viel zu viel Angst hatte.

Dann sagte sie zu mir, ich sollte die Tasche mal nehmen, da sie auf Toilette muss. Plötzlich tippte mir jemand auf die Schulter und sagte: »Kommen sie bitte mit und machen sie kein Aufsehen.«

Was sollte ich denn machen, die Tasche mit den geklauten Sachen hatte ich in der Hand und Ina war weg. Ich wurde zur Polizei gebracht und dort wurde ein Protokoll erstellt. Ich habe ihnen gesagt, dass ich keine Klamotten geklaut habe, sondern nur einfach mit ihr mit war.

Der Hehler ist wie der Stehler und ich soll nicht so tun, als hätte ich nichts getan. Natürlich half mir das nichts, da die Polizei sagte, dass eine Ina mich nicht kennt und ich wurde in die Untersuchungshaftanstalt in Halle gebracht.

Ich wartete darauf, dass es zur Verhandlung kam, aber es dauerte. Im April wurde ich in die UHA eingeliefert und Anfang Dezember, nach acht Monaten, wurde ich dann wegen Diebstahl zu acht Monaten Haft verurteilt. Ich sagte dem Richter, dass ich nicht gestohlen habe, aber es wurde nicht beachtet. Einen Anwalt hatte ich auch nicht. Da ich schon acht Monate in der U-Haft war, durfte ich am 22.12.1970 nach Hause, ohne einen Pfennig, um mir etwas zu Essen zu kaufen. Ich habe die Ina nie wieder gesehen. Ich fuhr zuerst in die Firma undfragte ob ich hier wieder arbeiten kann und hatte Glück. Herr Stegemann gab mir noch meinen Lohn der noch von April offen war. Es war ja Weihnachten und da wurde nicht gearbeitet. So kam ich über die Runden bis zum nächsten Zahltag.

Irgendwann lernte ich Volkmar kennen und wie der Teufel es will, ich wurde schwanger. Nichts auf der Backe, nur ein Bett unter dem Hintern aber ein Kind.

Von Volkmar hatte ich nichts zu erwarten. Er hatte noch weniger als ich. Ich glaube, er hatte noch nicht mal eine Wohnung, da er aus Aschersleben kam.

Ich hatte damals durch meine Schwester Christina, Beate kennengelernt. Sie hatte eine Schwester, Helga. Diese half mir, als ich 14 Tage vor meiner Entbindung eine Wohnung bekam.

Es war eine Teilwohnung, die zwei Parteien bewohnten Jeder hatte zwei Zimmer und die Küche und Toilette wurden von beiden benutzt. Letzteres eine halbe Treppe tiefer.

Die Helga und ihre Freundin Uschi haben mir die Wohnung renoviert und mit Möbeln eingerichtet, in der Zeit, als ich im Krankenhaus zur Entbindung war. Ich habe mich so gefreut.

4/2 – Sven

Am 28.10.1971, einen Tag vor meinem Geburtstag, haben die Ärzte meinen Sohn Sven durch einen Kaiserschnitt auf die Welt geholt. Da der kleine Kerl nicht raus wollte, machten die Ärzte eine Röntgenaufnahme und sahen, dass ich ein zu enges Becken habe und immer einen Kaiserschnitt benötigen werde. Er wog neun Pfund und war 54 Zentimeter groß. Ein hübscher blonder strammer Junge.

Als ich nach 14 Tagen aus dem Krankenhaus nach Hause kam, waren Helga und Uschi da und bereiteten mir einen netten Empfang. Ich habe vor Freude und Rührung geweint.

Es waren keine neuen Möbel, aber ich hatte Möbel in meiner Wohnung, wo ich sitzen und liegen konnte und es waren meine. Ich war glücklich.

Am Abend wollte ich Sven die Flasche machen, da bekam ich solche Magenschmerzen, dass mir richtig schlecht vor Schmerzen war.

Im Krankenhaus hatte ich das auch schon einmal, da sagten die Ärzte, ich hätte zu viel gegessen und das war es dann.

Es waren fürchterliche Schmerzen in der Magengegend und sie zogen sich bis zum Rücken. Ich habe gedacht, dass ich verrückt werde. Die Schmerzen, keine Hilfe, der Junge schrie und wollte seine Flasche.

Irgendwie habe ich die Flasche gekocht und für den Jungen fertig gemacht und als das geschafft war, gingen die Schmerzen plötzlich wieder weg und es war, als wenn nichts gewesen wäre.

Es war keine leichte Zeit für mich. In dieser Zeit war Volkmar auch nicht da, um mir zu helfen. Er war angeblich zu Hause, um sich um Arbeit zu kümmern.

4/3 – Deutsche Reichsbahn

Ich habe nach den acht Wochen, die man nach der Geburt zu Hause bleiben darf, bei der Deutschen Reichsbahn angefangen, da die Bahn einen eigenen Krippenplatz hatte.

Es wurde im vier Schichtsystem gearbeitet, was so ging: Montag, Dienstag Frühschicht; Mittwoch, Donnerstag Spätschicht; Freitag, Samstag, Sonntag Nachtschicht und Samstag und Sonntag waren es immer 12 Stunden.

Dann hatte man Montag, Dienstag frei und Mittwoch, Donnerstag Frühschicht und Freitag Spätschicht und Samstag, Sonntag frei. Montag, Dienstag Nachtschicht, Mittwoch, Donnerstag frei und Freitag, Samstag, Sonntag Tagschicht. Montag, Dienstag Spätschicht, Mittwoch, Donnerstag Nachtschicht und Freitag, Samstag, Sonntag frei.

Mein erster Arbeitsplatz war auf dem Güterbahnhof als Vormelder. Da war ich in einem kleinen Häuschen zwischen den Gleisen und rief den nächsten Bahnhof an, wenn ein Zug von hier abgefahren ist.

Volkmar hatte ich auch bei der Bahn untergebracht. Er war als Kuppler (Wagen zusammen kuppeln) tätig.

Ich hatte mal wieder eine Gallenkolik und bin früher nach Hause in der Spätschicht gegangen, da es mir sehr schlecht ging. Ich legte mich zu Hause auf die Couch und schlief ein. Als Volkmar von der Spätschicht kam, sagte ich, ich bleibe auf der Couch, damit er seine Ruhe hatte. Er ist dann auch gleich ins Schlafzimmer gegangen.

Am nächsten Morgen ging es mir wieder gut und ich ging ins Schlafzimmer, um Volkmar zu wecken und traute meinen Augen nicht. Da lag er doch mit meiner Freundin von der Bahn in unserem Bett. Ich wusste in diesem Moment gar nicht, was ich machen sollte. Ich ging wieder ins Wohnzimmer und holte erst einmal tief Luft. Dann nahm ich den Feuerhaken, ging ins Schlafzimmer zurück, nahm ihre Klamotten, warf sie aus dem Fenster und sagte, wenn sie beide nicht sofort verschwinden, vergesse ich mich und benutze den Feuerhaken als Waffe. Dann bin ich wieder ins Wohnzimmer und nach kurzer Zeit haben die beiden meine Wohnung verlassen.

Nun war ich wieder alleine.

Am nächsten Tag ging ich zur Arbeit. Ich war gerade beim Umziehen, da kam meine Freundin zu mir und sagte: »Hallo«, als ob nichts gewesen wäre. Da bin ich ausgerastet und habe sie verprügelt. Nicht, weil sie mit Volkmar geschlafen hatte, nein, weil sie meine Freundin war und dann so tat, als wenn nichts gewesen ist.

Als Vormelder habe ich ungefähr ein halbes Jahr gearbeitet, bis fast ein Unglück passierte. Ein Zug hatte

Ausfahrt erhalten und der Leiter hatte den Hemmschuh vergessen wegzunehmen. Der Zug fuhr an und auf gerader Strecke ging es noch gut, aber dann kamen Weichen neben meiner Hütte und da hat sich der Hemmschuh verkeilt und der erste Wagen kippte, dank eines Geländers, auf die andere Seite und zog den nächsten Wagen mit.

Ich habe gedacht, das ist das Ende. Ich sah den Zug ja auf das Haus zukommen. Dann durfte ich nach Hause, da ich mein Zittern nicht mehr unter Kontrolle bekam.

Seit dem hatte ich dort Angst und suchte eine andere Tätigkeit bei der Bahn und fand auch eine.

Ich habe dann als Zugfertigsteller gearbeitet. Das war immer im Freien, bei Wind und Wetter. Ich hatte eine Mappe mit einem Block, auf dem ich jeden Wagen von dem Zug aufschreiben musste. Woher, wohin, was hat er geladen, wie viel Kg, wie viel Gesamtgewicht usw. Dann musste ich alles zusammen addieren und das Bremsgewicht für den Lokführer errechnen.

Im Sommer war das eine sehr schöne Arbeit, aber im Winter, da konnte man nur ein paar Wörter schreiben und die Finger waren wie erfroren, so dass sie erst einmal angehaucht werden mussten, um wieder ein Gefühl zu haben.

Oder wenn es regnete, dann hatte man eine Jacke an, vor der Brust eine Halterung, wo die Lampe angehängt wurde und hinter der Halterung musste man den Schirmstock noch reinstecken, da man ja beide Hände brauchte, um mit der einen die Mappe zu halten und mit der anderen zu schreiben.

Bei der Bahn machte ich die Bekanntschaft mit Horst und das geschah folgendermaßen:

Ich hatte einen Zug aufgeschrieben und war am Ende der Waggons. Es war schönes Wetter und ich wollte auf die andere Seite und sprang von Schiene zu Schiene, was man nicht sollte. Plötzlich drehte die Weiche und ich klemmte mit meinem Schuh in der Weiche.

Ich kam nicht raus und von vorn kam ein Waggon angerollt. Ich weiß nicht, was ich da gedacht habe, auf alle Fälle hatte ich tierische Angst, da der Wagen immer näher kam.

Plötzlich zerrte mich jemand mit aller Wucht aus dem Gleis, so dass der Schuh aufriss und ich gerettet war, denn in dem Augenblick kam der Wagen vorbeigefahren.

Mein Lebensretter stellte sich vor als Horst und war Rangierer auf dem Güterbahnhof. Er war ein ganz netter und hübscher Kerl. Er hatte lange blonde Haare und eine gute Figur. Wir haben uns dann ein paar Mal getroffen, wo ich auch erfuhr, dass er verheiratet ist. Er war sehr lieb und nett und es war eine schöne kurze Zeit, bis ich diese Beziehung beendete. Denn ich möchte auch nicht, dass mein Mann sich mit einer anderen trifft.

Absatz 5 – Mein Schicksal

5/1 – Lena

Ich war wieder allein und irgendwann traf ich mal meine Cousine Lena (die Tochter von der Schwester meiner Mutti). Sie war auch alleine und hatte eine Tochter ungefähr so alt wie Sven. Lena war eine Flotte. Sie ging damals nicht arbeiten und am Abend immer tanzen. Ich ging ein paar Mal mit. Es war immer lustig mit ihr. Dadurch habe ich 1-2 Mal, wenn ich in der Woche 1 ½ Tage frei hatte, Sven nicht aus der Wochengrippe geholt. Ich wollte auch mal tanzen gehen und nicht immer nur arbeiten.

Die Nachtbar hatte bis früh auf und danach habe ich bis Mittag geschlafen. Den nächsten Tag hatte ich schon wieder Frühschicht und musste 6:00 Uhr anfangen. Ich habe mir gar nicht so schwere Gedanken gemacht, da Sven ja versorgt war und nicht leiden musste. Erst später wurde mir bewusst, dass der kleine Kerl vielleicht auf mich gewartet hatte.

5/2 – Keine zweite Chance

Ich bekam vom Jugendamt ein Schreiben, darin stand, dass ich mich nicht richtig um meinen Sohn Sven kümmern würde und es besser wäre, wenn er ein Elternhaus mit Vater und Mutter bekommt und wo ihm alles geboten wird, was bei mir nicht der Fall wäre, da ich allein lebe. Es wurde ein Termin beim Gericht festgelegt, wo ich zu erscheinen habe.

Ich kam dahin und wurde von einer Frau des Jugendamtes gleich in Empfang genommen. Die Frau sagte, dass es besser für mich und Sven wäre, wenn ich Sven zur Adoption freigeben würde. Ich sagte: »Nein, das tue ich nicht, es ist mein Kind und ich werde alles tun, damit es ihm an nichts fehlt.«

Da sagte die Richterin, es wäre doch für mich auch angenehmer, wenn ich ohne Kind bin und mir keine Sorgen machen muss.

Ich weinte und sagte immer wieder »nein, nein«, aber es kam kein Einsehen von der Richterin. Sie redeten ununterbrochen auf mich ein, bis ich vor Aufregung einen Gallenkolik bekam. Ich krümmte mich vor Schmerzen und da machten sie eine Pause von 10 Minuten.

Die Richterin hatte den Raum verlassen und ich ging zum Fenster und rieb meinen Magen und den Rücken, damit die Schmerzen weggingen, aber sie gingen nicht weg. Die Frau vom Jugendamt, kam zu mir und sagte, ich soll mir das richtig überlegen und nicht so stur sein, da das Gericht sowieso entscheidet, was richtig ist. Sie hat mich so unter Druck gesetzt und immer wieder redete sie auf mich ein und dann noch diese Schmerzen, das ich irgendwann nur noch meine Ruhe wollte und unterschrieben habe.

Die Richterin kam gar nicht mehr herein und die Frau vom Jugendamt ging mit dem unterschriebenen Zettel hinaus.

Sofort wurde die Sitzung beendet und ich konnte

nach Hause gehen. Dort nahm ich ein Zäpfchen gegen die Schmerzen und legte mich erst einmal hin. Irgendwann bin ich eingeschlafen.

Am nächsten Tag ging es mir wieder besser und ich begriff, was ich getan hatte und weinte. Dann rappelte ich mich auf und fuhr zum Jugendamt und wollte die Frau sprechen, die am Vortag mit auf dem Gericht war. Doch diese Dame war nicht anwesend und keiner konnte oder wollte mir sagen, wann sie wieder kommt. Seltsam.

Eine Frau fragte mich, was ich will und ich sagte, dass die Unterschrift zur Adoption unter Zwang gemacht wurde und nicht aus freien Stücken. Ich möchte sie wieder rückgängig machen. Sie lächelte mich an und sagte, ich solle nicht so tun, in Wirklichkeit sei ich doch froh, dass so eine Last von mir genommen wurde. Ich sagte: »Wie bitte? Mein Sohn war keine Last für mich.« Sie sagte, die Sache sei erledigt und ich könne nichts mehr daran ändern. Da rannte ich raus und weinte.

Ich hatte ja keine Ahnung vom Gericht und Jugendamt und was man machen kann, wenn man in der Klemme sitzt wie ich. Meine Schwester war nicht da und sonst hatte ich niemanden, den ich um Hilfe bitten konnte. Von einem Anwalt hatte ich gar keine Ahnung und das Geld auch nicht.

Ich fuhr dann zur Wochenkrippe, um Sven zu sehen, aber man versperrte mir den Zugang und teilte mir mit, dass ich hier nichts mehr verloren hätte, da ich durch meine Unterschrift zur Adoption das Sorgerecht nicht mehr habe und Sven nicht mehr für mich existiert. Außerdem sei er nicht mehr in dieser Einrichtung. Wo er denn sei, fragte ich, da wurde mir deutlich klar gemacht, dass das Kapitel Sven für mich zu Ende ist. Ich kann nicht alles wiedergeben, was man mir an den Kopf geworfen hat, jeden falls ungefähr so, dass ich nicht die richtige Mutter für das Kind bin und in einer perfekten Familie der Junge viel besser aufwachsen kann.

Kurze Zeit später teilte mir das Jugendamt in der Firma telefonisch mit, dass Sven adoptiert sei und neue Eltern habe und nicht mehr in Halle ist. Das ging so schnell, seltsam.

Ich hatte keinerlei Unterlagen von der Adoption und kein Schriftstück vom Jugendamt.

Wenn man ein Kind adoptieren will, dauert das Jahre und bei meinem Sohn Sven ging das in ein paar Wochen. Ich vermute, dass es Menschen von der Stasi oder hohe Parteifreunde waren, die Sven adoptiert haben, da sie ja überall ihre Beziehung hatten und sogar nicht zurück schrecken, einer Mutter ihr Kind wegzunehmen.

Sven war ein hübscher blonder Junge von vier Jahren als man ihn mir weggenommen hat.

Absatz 6 – Eine kurze schöne Zeit

6/1 – Schandor

An einem Samstagabend ging ich mit Lena mal wieder ins Halloren-Café tanzen.

Am Tisch gegenüber saßen zwei hübsche Jungs. Der eine mit schwarzen Haaren war so meine Welt, aber Lena wollte ihn auch haben. Na ja, dachte ich, was soll es, wir werden ja sehen. Vielleicht wollen die uns ja gar nicht.

Doch nach ungefähr 20 Minuten kamen beide zu uns und forderten uns zum Tanzen auf. Ich bekam den mit den schwarzen Haaren. Er konnte gut tanzen,
sprach aber fast kein Wort Deutsch. Er war Ungare und hieß Schandor. Seit kurzem arbeitet er erst in Deutschland und konnte deshalb kein Deutsch.

Wir haben uns dann für nächsten Samstag wieder verabredet und danach trafen wir uns öfter. Er war ein ganz netter lieber Kerl.

Er hat mich an Weihnachten nach Ungarn zu seinen Eltern mitgenommen. Das war ja für mich etwas ganz Neues. Raus aus der DDR und nach Ungarn, was für uns schon ein bisschen westlich war. Ich musste ein Visum beantragen und darauf warten, ob ich es bekomme oder nicht. Ich habe es für 14 Tage erhalten. Für diese Tage musste ich so und so viel Ostmark in Forint umtauschen.

Ich hatte es ja gut, weil ich bei Schandor zu Hause wohnen konnte und nicht für ein Hotelzimmer bezahlen musste. Also hatte ich das ganze Geld für mich und konnte mir schicke Klamotten kaufen und kleine Souvenirs.

Es war eine schöne Zeit. Die Eltern waren sehr nett zu mir und auch seine Schwester.

Wir waren ungefähr 1 ½ Jahre zusammen, da traf ich Horst wieder.

Ich war sofort hin und her gerissen von ihm. Er hatte eine Art an sich, die einen umwickeln konnte.

Natürlich brauchte er nicht viel zu reden und wir gingen tanzen. Es war ein Freitag und Schandor hatte Spätschicht. Horst sagte, wir fahren zu einem Kumpel aufs Dorf und lassen die Sau raus. Ich habe alles mitgemacht, da ich ja immer noch in ihn verliebt war. Wir waren dann das Wochenende bei dem Kumpel und haben gefeiert, getrunken und uns geliebt.

Dann kam das schlechte Gewissen, wegen Schandor, aber Horst hatte die Oberhand und bestimmte, was ich machen soll.

Ich fuhr nach Hause in die Silberhöhe, denn da hatte ich eine Zweizimmerwohnung bekommen, mit Heizung und warmen Wasser, und erzählte Schandor, dass ich meine alte Liebe wieder getroffen habe und mit ihm zusammen sein möchte.

Er war sehr ruhig und sagte, dass er sehr traurig sei und auf mich warten würde, wenn es nicht so gut läuft mit Horst. Dann hat er seine paar Sachen gepackt und ist gegangen.

Ich habe ihn nie wieder gesehen.

Absatz 7 – 13 Jahre Hölle

7/1 – Ein Neubeginn und Ende

Horst zog bei mir ein mit einer Reisetasche, mehr hatte er nicht. Er war ja geschieden und hatte alles seiner Ex-Frau gelassen (hat er mir zumindest gesagt).

Wir hatten vier Wochen lang eine schöne Zeit, doch dann kam er vier Tage nicht nach Hause.

Am fünften Tag stand er plötzlich in der Wohnung und tat so, als sei nichts geschehen und als wenn er nie weg gewesen wäre. Ich fragte ihn wo er war und er sagte, dass geht mich nichts an. Das kann man mit mir nicht machen, dachte ich. Ich sagte ihm, dass ich das nicht mitmache und er gehen soll. Ich packte seine paar Habseligkeiten zusammen und stellte die Reisetasche an die Wohnungstür.

Er packte mich am Arm und zog mich ins Wohnzimmer und sagte, wann er geht, bestimme er und nicht ich und holte aus, knallte mir eine, so dass ich rückwärts über den Sessel fiel. Meine Nase und Mund bluteten und ich verstand die Welt nicht mehr.

Der Mann, den ich liebe, der haut mich zusammen. Ich fragte, was das soll, darauf er, dass ich das schon sehen werde und schlug wieder auf mich ein, woraufhin ich stürzte. Er zog mich an den Haaren hoch und schlug wieder zu, dass ich fiel, er zog mich hoch und schlug wieder zu, dass ich wieder hinfiel. Das ging so fünf bis sechs Mal. Ich merkte den Schmerz schon nicht mehr. Dann ließ er von mir ab und sagte, wage es nicht zur Arbeit zu gehen. Er schloss die Wohnungstür ab und ich konnte nicht raus. Ich hatte Nachtschicht und musste mich am nächsten Tag bei einem Arzt krank melden.

Da ist etwas in mir passiert, was ich nicht erklären kann. Ich war immer gut gelaunt und lies mir nichts gefallen, aber vor diesem Mann hatte ich plötzlich mehr Angst als Vaterlandsliebe.

Horst zeigte sich jetzt von seiner richtigen Seite, wie er war. Manchmal lieb und nett, doch öfter brutal und aggressiv. Ich hatte vor diesem Mann so eine Angst, dass ich nie widersprochen hatte. Wenn er sagte die Wand ist grün, dann war sie grün, obwohl sie weiß war.

Ich traute mich nicht einmal zum Arzt zu gehen, wenn er mich zusammen geschlagen hatte, das ich blaue und dicke Augen und eine dicke Lippe hatte, um ein Attest zu bekommen. Immer hatte ich Angst, er erfährt es von jemandem, so dass ich wieder Prügel bekommen würde.

7/2 – Ein kleiner Lichtblick

Ich wurde schwanger und diese Zeit war auch nicht besser. Zwar hat er mich nicht mehr so oft geschlagen, dafür aber mit Worten fertig gemacht.

Am 11.06.1983, es war ungefähr 22:30 Uhr, verlor ich etwas Blut auf der Toilette und bekam natürlich Angst. Ich sagte es Horst und er sagte, dass ich ins Krankenhaus muss. Hier gab es natürlich kein Telefon in der Wohnung, sondern nur einige Häuser weiter ein Telefonhäuschen.

Er sagte, er rufe den Krankenwagen und ging raus. Nach ein paar Minuten kam er rein und sagte los, da wartet ein Mann in seinem Trabbi, der dich nach Dölau in die Frauenklinik fährt. Ich sagte: »Und du?« »Du schaffst das schon allein«, sagte er und verschwand.

Ein wild fremder Mann fuhr mich in der Nacht zur Entbindung ins Krankenhaus und mein Lebensgefährte blieb zu Hause.

Ich konnte nicht lange darüber nachdenken, da die Wehen anfingen. Wenn ich aber jetzt darüber nachdenke, könnte ich schreien, so absurd ist es.

Ich erzählte dem Arzt, dass ich ein zu enges Becken habe und deshalb bei mir immer ein Kaiserschnitt gemacht werden müsse. Doch der Arzt sagte: »Wir versuchen ein Baby immer auf natürlichem Weg auf die Welt zu holen.« Die Senkwehen wurden immer schlimmer und ich hielt es vor Schmerzen nicht mehr aus. Es dauerte jetzt schon 17 Stunden und es hörte nicht auf. Dann kam eine Ärztin und untersuchte mich. Sie ordnete sofort einen Kaiserschnitt an und sagte, die Schwester soll mir etwas gegen die Schmerzen geben, aber sie gab mir nichts. Als die Ärztin wieder kam, sind sie mit mir in den OP gerannt und nach ein paar Minuten war ich eingeschlafen. Als ich erwachte, ging es mir gar nicht gut. Alles tat mir weh.

Dann brachten sie mir mein Baby. Es war ein Junge von 56 cm und er war neun Pfund schwer. Er ist am 12.06.1983 geboren.

Durch den Kaiserschnitt hatte sich nichts verschoben oder gedrückt, so dass der kleine Kerl richtig hübsch war.

Leider bekam man in der DDR die Babys nur zum Stillen ins Zimmer. Danach wurden sie wieder rausgeholt. Auf einer Art war es gut, da man sich besser erholen konnte, aber auf der anderen Art fehlte dadurch der engere Kontakt zum Kind.

Nach 14 Tagen, als die Fäden gezogen wurden, konnte ich nach Hause.

Horst war in den zwei Wochen, die ich im Krankenhaus war, zwei Mal zu Besuch.

7/3 – Wenig Sonne

Ich kann mich gar nicht mehr an jedes Jahr erinnern. Mir fallen immer nur die schlechten Tage ein.

Horst erzählte mir, dass er keinen Kontakt zu seinen Eltern hat, da sie seine Ex- Frau bei sich aufnahmen und ihr glaubten. Da ist er ausgerastet und hat seinen Stiefvater geschlagen.

Marcus war nun schon ein Jahr alt und ich fuhr einfach mit ihm ohne Horst zu seiner Oma und Opa.

Sie waren sehr freundlich und wir unterhielten uns über dies und das, ließen aber die Vergangenheit ruhen. Horsts Eltern verziehen ihm.

Ich erzählte Horst, dass ich bei seinen Eltern war und dass sie sich sehr gefreut haben. Zuerst hat er gemeckert, doch dann war er ruhig und kam das nächste Mal mit. Zuerst war es eine gespannte Zeit, aber dann ging es und Anita fragte mich, ob er nett zu uns sei oder ob wir von ihm Prügel bekommen würden.

Ich sagte natürlich nicht die Wahrheit, da das neue Verhältnis von Mutter und Sohn ja erst wieder entstanden war. Ich sagte, dass alles in Ordnung sei und wir gut miteinander auskommen. Ich sollte zu seiner Mutter Anita sagen und zu seinem Vater Harry, was mir zuerst schwer fiel, aber dann ging es, da sie sehr lieb zu mir waren.

Ich glaube, so richtig hat sie mir nicht geglaubt.

7/4 – Einige schmerzhafte Episoden

Ich weiß nicht mehr, wann es war.

Horst hatte Nachtschicht und kam mit einem Kollegen gegen 14:00 Uhr nach Hause.

Beide legten sich hin und schliefen mit einer Alkoholfahne.

Etwa um 19:00 Uhr sind sie aufgewacht und Horst verlangte, dass ich für beide eine Schlemmerschnitte mache. Das ist eine gebratene Scheibe Brot, darauf gebratene Wurst, darauf gebratene Zwiebeln, dann Ketchup und darauf ein Spiegelei. Natürlich tat ich es. Ich brachte beiden die Schlemmerschnitte auf je einem Teller und wünschte guten Appetit.

Ich ging wieder in die Küche, um aufzuräumen, da flog ein Teller durch die Durchreiche und die Schnitte samt Ketchup und Zwiebeln klebten an der Küchenwand. Horst kam in die Küche und fragte mich, wieso seine Schnitte etwas kleiner war als die von seinem Kollegen.

Ich sagte ihm, dass ich das nicht bewusst getan habe. Er holte aus und haute mir voll mit der Faust ins Gesicht. Ich wachte 22:00 Uhr im Bett wieder auf und musste schnell auf Toilette, um mich zu übergeben.

Er musste mir so derb eine geknallt haben, dass ich ohnmächtig geworden bin und nichts mehr gemerkt habe.

Der Kollege war natürlich weg und Horst war im Wohnzimmer. Ich bin wieder ins Bett und habe über mein Elend nachgedacht und geweint.

Am nächsten Morgen sah ich im Spiegel, was er wieder bei mir angerichtet hatte. Mein rechtes Auge war halb zu und blau. Die Unterlippe war blutunterlaufen und ich hatte eine dicke Nase.

Als ich zur Arbeit kam, sagte meine Chefin, ich soll mich hinten hinsetzten und mein Gesicht kühlen, damit die Schwellung weggeht.

Nach Dienstschluss ging ich nach Hause. Er war natürlich auch zu Hause und gab mir eine Moralpredigt, warum das sein musste und wieso ich ihn immer wieder dazu bringe, obwohl er das gar nicht will.

Einmal kam er aus der Kneipe mit einem anderen Kerl. Er weckte mich und sagte, dass sie beide geknobelt hätten und der andere verloren hat. Jetzt will er aber nicht bezahlen. Ich brachte beiden etwas zu trinken und wartete in der Küche.

Es dauerte nicht lange und ich sah, wie Horst den anderen Kerl zusammenschlug und das Geld forderte und dann wohl Angst bekam.

Überall war Blut und ich musste es dann wieder weg machen.

Ein paar Tage später bekamen wir eine Vorladung von der Polizei, da der Kerl eine Anzeige wegen Körperverletzung gemacht hatte.

Horst drohte mir, dass ich sagen sollte, der Kerl habe das Geld verloren und hat deshalb angefangen zu streiten und zu schlagen. Ich musste lügen, sonst hätte ich zu Hause wieder Prügel bekommen.

An einem Abend kam er nach Hause, es war schon spät und ich lag im Bett. Ich hörte den Wohnungstürschlüssel im Schloss und schon verkrampfte sich mein Magen und ich zitterte vor Angst.

Kurze Zeit später kam er ins Schlafzimmer und sagte komm mal raus. Da wusste ich schon, dass ich wieder Schläge bekomme.

Er hatte einen weißen Handschuh an und fuhr damit ganz oben über den Wohnzimmerschrank.

Da war Staub auf seinem Handschuh und er schmierte ihn mir ins Gesicht und sagte, was ich für ein Dreckschwein und eine Schlampe sei und haute mir mit der flachen Hand so ins Gesicht, dass ich bis in den Flur flog.

Das Blut spritzte an die Tapete und auf den Boden und ich ging ins Bad um einen Lappen zu holen. Er kam hinterher und boxte mich vor die Brust, so dass ich in die Badewanne flog und mit dem Kopf an die Wand knallte. Er schrie: »Du bist ein Schwein und nach der Arbeit machst du nichts und sitzt nur herum und die Bude verkommt vor Dreck.« Und ehe ich mich ducken konnte, hatte ich seine Faust im Gesicht.

Dann ging er ins Bett. Ich machte alles sauber und kühlte noch mein Gesicht, damit es am Morgen nicht so schlimm aussah und ging dann auch schlafen.

Ein anderes Mal, es war Sonnabend und ich deckte den Frühstückstisch. Er wollte ein Ei essen und es sollte fünf Minuten und 20 Sekunden kochen. Ich machte es genau nach der Eieruhr, da ich ihn ja kannte und schon solche Angst hatte. Doch was war, das Ei war nicht so, wie er es wollte. Er schrie: »Bist du sogar zu blöd ein Ei zu kochen?«

Das Ei flog durch das Wohnzimmer in die Küche. Ich stand auf und wollte die Schweinerei weg machen, da kam er hinter mir her und boxte mich so in die Rippen, dass ich keine Luft mehr bekam.

Ins Gesicht traute er sich wohl nicht zu schlagen, da ja Marcus im Wohnzimmer am Frühstückstisch saß.

»Irgendwann bringe ich dich noch um«, zischte er mir ins Ohr und ich glaubte es ihm.

Am Montag musste ich zum Arzt, da ich solche Schmerzen beim Luftholen hatte.

Die Diagnose: Günter hatte mir zwei Rippen gebrochen und ich musste sagen, dass ich mit dem Fahrrad gestürzt bin. Der Arzt hat mich zwei Wochen lang krank geschrieben.

Das waren Sachen, die extrem waren. Andere leichtere Fälle kann ich gar nicht aufzählen, da ich sie mir nicht im Einzelnen gemerkt habe. Ein blaues Auge oder eine dicke Lippe sowie eine blutige Nase hatte ich öfter.

Auf jeden Fall habe ich reichliche Schläge von Horst bekommen.

Ich hab schon geträumt, dass ich ihn mit einem Messer absteche und er hat sich wieder aufgerichtet. Wenn ich überzeugt gewesen wäre, dass es klappt und ich richtig treffe, hätte ich es getan.

Da stellt man sich die Frage, warum ich nicht von diesem Mann weggegangen bin? Ich habe mir diese Frage oft gestellt. Dann kamen immer die Antworten: Wo sollte ich denn hin? Es gab keine Wohnungen, die man einfach mieten konnte. Außerdem hatte ich ja erst die Neubauwohnung bekommen und Horst ist nicht ausgezogen.

Ich hätte zur Polizei gehen können, aber was macht die Polizei? Da hatte ich auch kein Vertrauen und viel zu viel Angst vor Horst. Ich hatte wohl auch nicht den Mut.

Wenn ich zu meiner Schwester gegangen wäre, hätte er da die Tür eingetreten und Ärger gemacht. Er hat mir so schon verboten, Kontakt zu meiner Schwester zu haben. Auch das habe ich getan aus Angst, um nicht wieder verprügelt zu werden. Später als ich in Ruhe über alles nachdenken konnte, wurde mir klar, dass Christina keine Angst vor ihm hatte und deshalb ihm widersprochen hatte und das konnte er gar nicht vertragen.

Absatz 8 – Die Flucht aus der DDR

8/1 – Die Idee

Horst machte mir an einem Abend den Vorschlag, aus der DDR abzuhauen. Ich fragte ihn natürlich, wie das gehen soll?

Er erzählte mir, dass Ungarn zu Österreich die Grenze geöffnet hat und wir über Ungarn nach Österreich in die BRD können. Ich hatte meine Bedenken, vor allem da ja unser Sohn Marcus ja erst sechs Jahre alt war und wenn wir geschnappt worden wären, dann wäre er ins Heim gekommen und später zur Adoption freigegeben worden. Er sagte, dass es Quatsch sei und das wir es schaffen würden. Dann würde es uns auch besser gehen, weil ich dann den Druck nicht mehr gehabt hätte. Ich sollte die Adresse von Schandor raussuchen, damit wir ein Visum nach Ungarn bestellen könnten, wo wir zur Hochzeit eingeladen sein sollten. Gesagt, getan.

Er erzählte es noch seinen Kollegen Detlef und seiner Frau.

Die beiden wollten zuerst nichts davon wissen und sagten, dass wir verrückt sind. Doch Horst machte es ihnen schmackhaft, da es auch besser für ihren Sohn Oliver wäre, der zu diesem Zeitpunkt ja auch schon vier Jahre alt war und doch besser im Westen aufwachsen sollte als hier.

Horst konnte schon immer gut erzählen und hatte es erreicht, dass die zwei das Visum beantragten und es noch vor uns bekamen.

Zuerst bekam ich mein Visum ohne Zwischenfall. Zwei Tage später kam das Visum für Marcus und noch mal drei Tage später (es wurde schon knapp) kam das Visum für Horst.

8/2 – Die Flucht

Am 27.10.1989 bekamen wir den Flug von Halle/Schkeutitz nach Ungarn- Budapest. Wir waren sehr aufgeregt, denn wir hatten ja geplant zu fliehen. Bei den Behörden mussten wir den Rückflug mit buchen, da wir sonst nicht mehr aus der DDR rausgekommen wären. Wir sollten am 11.11.1989 wieder zurück sein.

Wir hatten nicht viel zu packen, da wir ja nur in den Urlaub für 14 Tage fliegen wollten.

Es musste alles in der Wohnung bleiben wie zum Beispiel: Unterlagen, volle Sozialversicherungsausweise, Urkunden, Zeugnisse, Möbel und viele persönliche Sachen, wie Bilder.

Der Meister von Horst sagte ihm, dass er sich darum kümmern würde, die wichtigsten Dinge für uns rauszuholen. Er bekam den Schlüssel von unserer Wohnung, als er und seine Frau uns auf den Flughafen brachten. Der Abschied war schon ganz schön heftig, da wir ja nicht wussten was wird.

Wir stiegen in das Flugzeug und sahen überall die Stasi.

Der Flug dauerte nur zwei bis drei Stunden, kam mir aber sehr viel länger vor, da ich immer Angst hatte, dass mir jemand auf die Schulter tippt und sagt: »Kommen sie mal mit.« Endlich landeten wir in Budapest und sind schnell aus dem Flughafengebäude rausgegangen. Ich ging zu den Taxifahrern, um zu hören wer ein echterUngare war. Es war ein älterer Mann, der aussah als würde er aus der Pusta kommen.

Er sprach etwas deutsch und wir sagten ihm, dass wir an die Grenze von Österreich wollen. Er nickte und wir fuhren los. Es war eine sehr schöne Fahrt, quer durch Ungarn.

Unterwegs fragte ich Marcus, ob er weiß, wo wir hinfahren und er antwortete, nach Ungarn zur Hochzeit. Da sagte ich ihm, dass wir in den Westen fahren und er fragte gleich, ob er ein Matchbox Auto bekommen kann. Der Fahrer hielt unterwegs ein paar Mal an, wo wir etwas kaufen konnten.

Als wir an die Grenze zu Österreich kamen, verabschiedete sich der Taxifahrer und wünschte uns alles Gute. Wir gaben ihm das ganze ungarische Geld, da wir damit nichts mehr anfangen konnten. Ich glaube, er war sehr glücklich darüber.

In Österreich wurden erst mal unsere Personalien aufgenommen. Dann bekamen wir etwas zu Essen und Trinken. Es wurde schon langsam dunkel, da kam ein Bus aus Westdeutschland und wir konnten einsteigen. Es war ein sehr komisches und zugleich feierliches Gefühl. Nun ging es Richtung BRD.

Am 29.10.1989 um 0:32 Uhr, an meinem Geburtstag, haben wir die Grenze der BRD überquert, sagte der Busfahrer. Ich war eine der wenigen, die nicht geschlafen hatten.

Wir kamen am Morgen in Deggendorf an und bekamen eine Unterkunft. Dann wurden unsere Personalien aufgenommen und man fragte uns, in welches Bundesland wir möchten. Horst sagte Nordrhein-Westfalen, da sein Kollege Detlef dort bereits war. Wir bekamen jeder 100 Mark. Zwei Tage blieben wir da und dann gab man uns eine Fahrkarte für die Bahn und wir sind von Deggendorf nach Nordrhein-Westfalen am Rhein entlang gefahren. Es war so schön, das ich immer wieder sagte, oh schau mal, wie schön. Nur eins machte mich stutzig, wieso kommt aus den Schornsteinen kein Rauch? Es ist doch schon November und kalt. Später erfuhr ich, das die Heizungen im Westen viel sauberer waren und nicht so viel Dreck ausstießen wie in der DDR.

8/3 – Die Freiheit ist nicht einfach

Wir kamen in Münster in eine Feuerwehrschule. Es war ein riesiger Saal, in dem vielleicht 50 Armee-Doppel-Stockbetten standen. Jeder sollte sich eins aussuchen und seine Sachen ablegen. Wieder wurden unsere Personalien aufgenommen und dann konnten wir machen was wir wollten. Ja aber was?

Wir waren in der Schule, die weit ab vom Schuss war und mit dem Geld, was wir bekommen hatten, mussten wir ja auch haushalten.

Die ersten Tage ging es, man lernte sich kennen und sortierte die Leute nach sympathisch und nicht sympathisch. Doch mit der Zeit kam Unmut auf, da es nun schon fast zwei Wochen waren, in denen wir unter unmöglichen Bedingungen hausen mussten. Man hatte keine Minute für sich alleine, die Dusche war immer belegt, die Toiletten zu wenig und man war immer in dem riesigen Raum, der voller belegter Betten war. Die Nächte waren auch furchtbar, da der eine schnarchte, der andere furzte und der Dritte erzählte oder schrie im Schlaf. Auch in dieser gespannten Atmosphäre war Horst wieder aus der Rolle gefahren. Er hatte mit einem anderen Kerl Karten gespielt und der andere hatte angeblich verloren und wollte Horst das verlorene Geld nicht geben. Da hat er ihn verprügelt und dabei sein Hemd zerrissen. Er hat das Geld bekommen und ich musste das Hemd wieder flicken. Wir hatten alle nicht viel Geld und trotzdem knöpfte er dem anderen noch die letzten Pfennige ab.

Dann kam die Krönung: Es war der 09.11.1989 wir haben Fernsehen geschaut, da kam plötzlich die Nachricht, dass die Mauer gefallen ist und die Grenzen zu Westdeutschland offen sind. Ich dachte, ich höre nicht richtig.

Meine Freude war nicht groß, da wir ja alles stehen und liegen lassen mussten und vor allem das Risiko in Kauf genommen hatten von der Stasi erwischt zu werden. Natürlich war jetzt die Stimmung noch niedriger als vorher und man sehnte sich endlich an den Ort zu kommen, wo man bleiben möchte.

Am 13.11.1989 wurden wir mit dem Auto nach Borken gefahren und in ein Pfarrhaus untergebracht. Das war auch die Krönung. Wir drei bekamen ein Zimmer mit 3 Betten, einen Tisch und drei Stühle darin. Küche, Dusche und Toilette waren auf dem Flur für alle.

In dem Haus waren noch drei andere Familien untergebracht aus verschiedenen Ländern. Einige waren schon Monate in diesem Haus. Wir sollten uns im Einwohnermeldeamt anmelden und wollten dies auch tun, da merkten wir, dass gar kein Schlüssel für das Zimmer da war. Als wir danach fragten, sagte der Mann zu uns, wir sollten froh sein, dass wir hier sind, denn uns steht nur ein Dach über dem Kopf zu und nichts weiter. Das war wie ein Schlag ins Gesicht. Wir dachten wir hören nicht richtig und Horst sagte, wenn wir nicht schnellstens einen Schlüssel bekommen, dann kracht es hier. Ich bin nicht für so einen Ton, aber dieses Mal fand ich es angebracht. Wir hatten ja nur unsere Koffer und weiter nichts. Sollte uns das auch noch genommen werden? Eine Stunde später hatten wir einen Schlüssel.

8/4 – Wer gibt uns eine Wohnung?

Der erste Tag war schlimm. Wir mussten ja mit unserem Geld haushalten, da kauften wir uns Pappbecher und Pappteller und haben davon gegessen.

Es war ganz schön hart die erste Zeit. Dann kam eine katholische Schwester von der Gemeinde zu uns und fragte, wie es uns geht. Ja wie, das sah sie ja. Es fehlte an allem. Sie war sehr nett und hat uns Teller, Tassen, Besteck, Töpfe und für Marcus was zum Spielen gebracht. Sie fragte mich, was ich hier arbeiten möchte, darauf sagte ich ihr, dass wir erst mal eine Wohnung brauchen.

Sie wollte sich umhören, aber bat mir für die Zwischenzeit eine Schulung zum Altenpflege an. Sie fragte mich, ob ich katholisch bin und ich sagte ja, ich bin getauft.

Die Zeit war nicht einfach. Ich machte die Schulung zur Altenpflege und kümmerte mich noch um das Essen und um Marcus. Horst sagte, er sei unterwegs wegen der Arbeit gewesen. Es ging schon langsam zum Monatsende und wir hatten immer noch keine Wohnung. Da habe ich eine Annonce in die Zeitung gesetzt, mit dem Vermerk, wenn ich bis Weihnachten keine Wohnung habe, gehe ich wieder zurück in die DDR nach Halle.

Zwei Tage später bekam ich eine Nachricht, dass wir uns eine Wohnung ansehen können. Es war eine kleine Siedlung am Rand von Borken, Hoxfeld, mit vielleicht 100 Einwohnern. Die Vermieter waren sehr nett. Sie hatten ein Haus und belegten die unteren Räume und wenn wir wollen, könnten wir oben wohnen. Da gab es ein Schlafzimmer, ein Wohnzimmer, ein Kinderzimmer und eine Küche. Ich war glücklich und musste vor Freude weinen. Ruth, die Vermieterin weinte gleich mit. Sie sagte, sie sind 1956 aus Ostdeutschland in den Westen geflohen und weiß, wie schwer es ist neu anzufangen.

Absatz 09 – Im goldenen Westen

9/1 – Der neue Anfang

Wir nahmen zuerst einen Übersiedler-Kredit auf, den wir für wenig Zinsen und für fünf Jahre bekamen. Davon kauften wir uns eine Schrankwand, so eine habe ich immer nur im Westfernsehen gesehen, Couchgarnitur, ein Schlafzimmer und für Marcus ein Jugendzimmer.

Dann war das Geld alle. Horst bekam Arbeit in einer Gießerei, wo er im Akkord arbeiten musste. Das ging nicht lange gut, da er nicht fürs Arbeiten geboren war. Eines Tages, er kam von der Spätschicht, sagte er es geht ihm nicht gut. Er legte sich hin und plötzlich rief er, dass er keine mehr Luft bekommt. Ich rief den Krankenwagen an und sie kamen sofort. Er wurde untersucht und sie nahmen ihn mit ins Krankenhaus, wo er unter Beobachtung bleiben musste. Nach ein paar Tagen kam er wieder raus und konnte natürlich die Arbeit nicht mehr machen (Akkord, Stress). So blieb er zuhause und meldete sich arbeitslos, was ja im Westen so gut war, da man ja auch Geld bekam. Ich bekam für Marcus einen Kindergartenplatz für vier Stunden. Hier hatte die Kita nur vier Stunden geöffnet, nicht wie in der DDR, da war der Kindergarten oder die Krippe den ganzen Tag offen, damit man arbeiten gehen konnte.

Ich habe dann im Februar 1990 für vier Stunden als Altenpflegerin bei den Nonnen im Altenheim gearbeitet. Der Winter war kalt und ich bin mit dem Fahrrad ungefähr sechs km zur Arbeitsstätte gefahren und wieder zurück. Wenn es schneite, musste ich das Rad manchmal schieben, da sich der Schnee zwischen Reifen und Schutzblech festgesetzt hatte.

9/2 – Die Einschulung

Horst fing an seinen Führerschein zu machen und ich ging schön arbeiten und brachte das Geld nach Hause. Ich sagte ihm, dass er sich eine Arbeit suchen soll, da wir mit dem Geld nicht auskamen, da wir ja auch den Kredit zurückzahlen mussten.

Er fand später in einer Tischlerei eine Arbeit. Es war nicht weit von unserer Wohnung entfernt und er hätte mit dem Rad fahren können, aber nein er hat ja ein Auto. Es ging dann eine Weile alles gut. In der Siedlung hatten wir auch Freunde durch den Fußball kennengelernt. Dann war im Mai das Vogelschießen. Günter musste natürlich mit schießen und was soll ich sagen, natürlich den letzten Schuss, wo der Vogel runter gefallen war. Er wurde deshalb Schützenkönig. Ich dachte ich sehe nicht richtig. Der Schützenkönig muss eine Menge Geld bezahlen und für einige Veranstaltungen da sein, sowie zu allen Geburtstagen gehen. Er lachte nur, als ich ihm das sagte und nahm sich aus der Nachbarschaft eine Schützenkönigin. Er fragte nicht, wie wir mit dem Geld auskommen sollen. Wenn irgendetwas fehlte, meckerte er mit mir und knallte mir wieder eine.

Natürlich nicht mehr mit der Faust sondern nur noch mit der Hand ins Gesicht, sonst hätten die Nachbarn ja etwas bemerken können.

Marcus kam im August in die Schule und Anita und Harry aus Halle waren zu Besuch gekommen. Es war eine sehr schöne Feier. Marcus hatte eine sehr schöne große Zuckertüte und bekam auch so einiges geschenkt, unter anderem eine Ferrari- Autobahn. Es lief alles harmonisch und friedlich ab und wir waren ein paar Tage glücklich.

Horst ist bei der praktischen Fahrprüfung durchgefallen und hat so gemeckert. Er sagte, dass der Fahrlehrer eine Macke hatte und keine Ahnung hätte, weil er richtig gefahren sei und, und, und. Ich hatte es wieder auszubaden, da er ja keinem anderen erzählen konnte, dass er durchgefallen war. Zwei Wochen später konnte er die Prüfung wiederholen und hat sie dann bestanden.

9/3 – Das Leben

Nun musste natürlich ein Auto her, damit man den Führerschein ja nicht umsonst gemacht hatte. Woher das Geld nehmen? Es gab ja eine Bank. Da wurde ein Kredit genommen und ich musste mit unterschreiben, da ich ja eine Arbeitsstelle hatte. Schon konnte Horst sich ein gebrauchtes Auto (einen Ford) kaufen. Das dass aber nicht alles war, was man dann bezahlen muss, sondern auch noch die Versicherung, die Kraftfahrzeugsteuer, das Benzin und natürlich den Kredit vom Auto und von dem Übersiedler-Kredit, daran hat er in diesem Moment nicht gedacht. Ich denke er hat nie gedacht.

Donnerstags ging Günter immer auf den Sportplatz, um beim Training zuzugucken und am Wochenende zum Spiel, egal wo es war. Da wurde natürlich auch getrunken und das kostete alles. Oh wie ich das hasste, immer den dicken Max spielen und zu Hause weiß man nicht, wie man zurechtkommt.

Horst klagte seit einiger Zeit, dass er am Morgen schlecht in die Gänge kam und ging deshalb mal wieder zum Doktor. Er wurde untersucht und die Ärztin stellte bei ihm Bechterew fest. So blieb er wieder zu Hause und arbeitete solange wir zusammen waren nie wieder.

1991 durfte ich meinen Führerschein machen, damit ich Horst wie immer am Wochenende zum Fußballspiel begleiten und zum Schluss nach Hause fahren konnte, wenn er was getrunken hatte, was nach jedem Spiel der Fall war. Ich habe die Theorie- und Praxisprüfung beim ersten Mal bestanden, was Horst geärgert hatte und er machte eine abfällige Bemerkung.

Meine erste Fahrt vergesse ich nie. Es war im Dezember. Einer vom Fußball hatte Geburtstag und wir waren auch eingeladen. Es war schon ein Uhr Nachts, als wir endlich aufbrechen konnten. Horst hatte natürlich wieder einen hohen Alkoholspiegel, was für ihn egal war, da ich ja fuhr.

Wir fuhren also los, da fing er schon an: »Fahr vorsichtig, fahr nicht so schnell, du fährst wie eine Schnecke, wofür hast du nur deinen Führerschein bekommen, hast du dafür die Beine auseinander gemacht?« Er machte mich so nervös, dass ich ein Vorfahrtsschild übersah und über die Hauptstraße fuhr. Gott sei Dank, kam gerade kein Auto. Horst ist bald ausgerastet und schrie: »Du Idiot, jetzt zeige ich dir mal wie man Auto fährt.« Ich musste auf den Beifahrersitz und er ist losgefahren trotz Alkohol. An manchen Stellen war schon etwas Eis, aber ich sagte keinen Ton, damit ich nicht noch Schläge bekam, da war es auch schon passiert. Der Wagen reagierte nicht in der Kurve und fuhr gerade aus mit 50 in die Leitplanke. Ich machte die Augen zu und zog die Beine an und das Auto stand. Nun hatte ich noch mehr Angst vor Horst.

Ich dachte nicht daran, ob ich mir weh getan habe oder sonst etwas, nein mir ging es nur darum, was der Kerl jetzt vorhatte. Ich musste wieder auf den Fahrersitz und ihn nach meiner Größe einstellen und dann zum nächsten Hof, um die Polizei zu rufen.

Er sagte, ich solle sagen, dass ich gefahren sei und dass ein Auto von vorn auf uns zufuhr, so dass ich ausweichen musste und dadurch wegen dem Glatteis gegen die Leitplanken gefahren bin. Er sagte noch, ich solle mir ja nichts anderes einfallen lassen, sonst ist der Tag gelaufen und ich könne mein Testament machen.

Also hab ich die Polizei angelogen, aus Angst vor Horst.

Die Polizei hat noch gefragt, ob er gefahren sei, da hat er die Polizei noch beleidigt und eine Strafanzeige bekommen. Wir konnten dann noch mit dem Auto langsam nach Hause fahren. Die Werkstatt sagte, es lohne sich nicht für eine Reparatur, da es zu viel kosten würde. Besser wäre es, wenn man ein gebrauchtes kaufe und das kaputte Auto in Zahlung geben würde.

Es wurden wieder 6000 Mark Kredit aufgenommen und Horst kaufte einen Mazda. Es war ein schönes Auto und ich bin gern mit dem Wagen gefahren (natürlich alleine).

Absatz 10 – Ich kann nicht mehr

10/1 – Es geht schon wieder los

Es hielt ja leider nicht lange, dass Horst nett und ausgeglichen war. Er war den ganzen Tag zu Hause, machte nicht viel und redete mir immer ein schlechtes Gewissen ein. Auch mit Marcus hat er oft gemeckert. Er spielte Fußball und war ganz gut. Nur Horst hatte immer an ihm etwas auszusetzen. Man konnte ihm nichts recht machen.

Ich sagte ihm, dass Marcus gut ist und er nicht immer mit ihm schimpfen soll, da auch andere Jungs ihn ärgern. Da hab ich was gesagt. Nun hatte er einen Grund Luft abzulassen und schrie: Was ich will, ich hab ja keine Ahnung und von Erziehung schon gar nicht und schon hatte ich die Erste im Gesicht. Ich sagte er soll aufhören, aber er lachte nur und sagte, er habe schon viel zu lange aufgehört und müsste wohl einiges nachholen, da ich nicht mehr in der Spur laufe. Und wieder landete seine Hand in meinem Gesicht. Was ich mir einbilden würde mit den Frauen zur Weiberfastnacht gehen zu wollen? Ich sagte, du hast das doch im Klubhaus vorgeschlagen, wo alle Fußballspieler mit ihren Frauen da waren. Was ich außerhalb sage, hat hier nichts zu bedeuten, merke dir das, du Schlampe und damit du klar siehst, ich war schon im Puff und habe einen herrlichen Verkehr mit einer hübschen Maus gehabt. Es war zwar etwas teuer, aber dafür wunderschön. Ich fragte: »Wo warst du?« Er sagte im Puff und da flog seine Faust an meinem Kopf vorbei und das brachte ihn noch mehr in Rage.

Er verprügelte mich richtig, mit Fußtritten und Boxschlägen, aber nicht mehr so doll ins Gesicht. Dann nahm er sich eine Flasche Bier aus dem Kühlschrank und setzte sich vor den Fernseher und sagte zu mir, muss das immer sein? Kannst du nicht wie andere Frauen sein? Ich ging dann zu Bett und weinte leise, bis ich irgendwann einschlief. Ich musste ja früh auf Arbeit.

10/2 – Die Flucht ins Frauenhaus

Am nächsten Tag habe ich die Oberin bei den Nonnen gefragt, wo es ein Frauenhaus gibt. Sie fragte, warum ich das wissen will und ich sagte ihr, dass ich nicht mehr bei meinem Mann bleiben will, da er mich schlägt. Sie sagte in Bocholt ist eins und wenn ich will, kann sie mal anrufen. Sie tat es und ich konnte, wenn ich wollte morgen dorthin kommen. Die Oberin wollte mich sogar fahren. Sie machte meinen Lohn fertig und am nächsten Tag fuhren wir nach Bocholt ins Frauenhaus. Leider waren alle Zimmer belegt und es wurden für Marcus und mich zwei Matratzen im Keller auf den Boden gelegt zum Schlafen. Das war natürlich nicht der Hit. Die Klamotten waren im Koffer und es stand alles im Keller, für jeden greifbar, aber ich habe mir gesagt, erst einmal weg von Horst. Die Mitarbeiter vom Frauenhaus sagten, dass sie mich unterstützen wollen, aber dass es mit einem Zimmer noch dauern könne.

Ich machte Besorgungen beim Amt, wegen dem Umzug, dann wegen Geld, da ich ja in dem Moment nicht arbeitete und wegen einer neuen Wohnung. Wenn es ging, habe ich Marcus mitgenommen, aber manchmal wollte er nicht und ich ging allein.

Er wusste auch mit sich nichts an zu fangen. Kinder in seinem Alter gab es da nicht und Freundschaften haben wir in so kurzer Zeit nicht geschlossen. Einmal hab ich in seiner Jackentasche ein kleines Schminkset gefunden und gefragt wo er das her hat. Nach langem Zaudern sagte er, dass er es aus dem Laden mitgenommen hat. Es ist für dich, Mama, sagte er.

Natürlich habe ich mit ihm geredet und gesagt, dass wir in Teufelsküche kommen, wenn er so weiter macht und vielleicht sogar noch die Polizei eingeschaltet wird. Er versprach mir, es nicht mehr zu tun und ich glaubte ihm.

Irgendwie war es frustrierend so zu leben, wie wir im Keller.

10/3 – Die Rückkehr

Wir waren nun schon 2 Monate im Frauenhaus und es hatte sich noch nichts getan, wie z.B. ein Zimmer im Haus, Arbeit oder eine Wohnung. Wir bekamen jede Woche 50 Mark, wovon wir uns ernähren mussten. Es war nicht einfach und der Glaube an das Schöne ging verloren.

Als Marcus und ich in einem Eiskaffee waren, stand plötzlich Horst neben mir und sagte: »Guten Tag«. Ich habe mich vielleicht erschrocken. Er sagte, ich brauche keine Angst zu haben, er tut mir nichts und es tut ihm auch sehr leid, was er getan habe, es würde auch bestimmt nicht wieder vorkommen.

Er liebt mich doch und er möchte uns nicht verlieren. Ich soll es mir doch bitte überlegen, ob wir nicht wieder zurück nach Hause kommen wollen. Ich sagte ihm, dass ich das Marcus überlasse und mich nach ihm richte. Dann ging er und sagte, er meldet sich.

Als wir wieder im Frauenhaus waren, fragte ich Marcus, was er möchte, hier bleiben oder wieder nach Hause zu seinem Vater. Er sagte er möchte wieder nach Hause. Ich fragte: »Hast du dir das auch richtig überlegt, wir überschlafen es und dann sagst du mir was du möchtest.« Am nächsten Morgen, als wir beim Frühstück waren, sagte Marcus, dass er wieder nach Hause möchte. Im Stillen konnte ich ihn verstehen. Wir waren nun schon so lange hier und haben noch nicht mal ein Zimmer gehabt, wo wir unsere Sachen lassen und wo wir schlafen konnten.

Horst rief nach dem Frühstück an und ich sagte ihm, dass Marcus nach Hause möchte. Er sagte: »Ich hole euch gleich ab.« Ich machte mit der Leiterin die Papiere fertig und sie sagte mir, ich solle es mir doch noch mal überlegen und hier bleiben. Glauben sie mir sagte sie, solche Männer ändern sich nie. Sie spielen immer etwas vor wenn es ihnen schlecht geht und wenn sie den alten Zustand wieder haben, schlagen sie wieder zu. Ich sagte er hat es versprochen und packte unsere Sachen, was nicht viel Zeit in Anspruch nahm, da wir ja fast alles im Koffer hatten (im Keller). Horst kam dann und hat uns mit nach Hause genommen.

Absatz 11 – Vier Wochen Leben

11/1 – Der verhängnisvolle Vorschlag

Horst nahm sich zusammen und es war mit ihm auszuhalten. Natürlich meckerte er immer noch herum, aber ich bekam keine Prügel. Ich weiß nicht, was in seinem Kopf vorgeht. Hatte er sich wirklich geändert?

Er sagte: »Ich hab mir überlegt, dass es gut ist, wenn wir dieses Jahr heiraten, vor allem wegen Marcus, damit er meinen Namen hat.« Was soll ich sagen, wenn Horst sagt, das machen wir, dann wird es gemacht.
 Naja vielleicht geht es ja.
 Es war keine schöne Hochzeit für mich, da ich nicht mal aussuchen konnte, was ich anziehe. Horst sagte den Hosenanzug ziehst du an, der sieht schick aus und dann kaufen wir dir noch einen Hut und dann bist du perfekt. Ich habe mich nicht wohl gefühlt in den Sachen.
 Wir haben im Oktober im Standesamt geheiratet und anschließend waren wir im Restaurant und haben bis nach dem Kaffee gefeiert.
 Es waren ungefähr 25 Leute dabei. Wenn ich nicht an Horst denke, war die Feier mit den Leuten recht nett und lustig.
 Da Horst immer noch nicht arbeitete, weil ihm ja alles weh tat, wollte ihn seine Ärztin zur Kur schicken. Natürlich war das für ihn phantastisch, da er ja da machen konnte, was er wollte.

Zweimal habe ich ihn besucht und habe gleich gemerkt, dass er hier den großen Macker spielte.

Wir sind dann von Hoxfeld nach Borken umgezogen, da die Vermieter Ruth und Erich die Wohnung für ihren Sohn haben wollten. Wir haben eine nette 3-Zimmer-Wohnung bekommen, mit Balkon. Nicht weit von unserer Wohnung wurde eine neue Recycling-Firma eröffnet. Horst sagte: »Da kannst du doch arbeiten, da ist es nicht so weit wie zu den Nonnen und außerdem kannst du acht Stunden arbeiten und wir haben dann mehr Geld. Ich dachte, das es nicht so schlecht sein kann, da die Firma neu war und sehr sauber. Und dann wie schon gesagt, wenn Horst etwas sagt, dann wird es gemacht.

Es war eine ganz schöne dreckige Arbeit. Ich stand mit anderen am Fließband und es kamen die gelben Säcke aufgerissen auf das Band und wir mussten den Inhalt sortieren, nach Dosen, Tetra Pack und Plastik. Es wäre ja

gegangen, wenn die Leute nicht so viel Dreck rein gesteckt hätten, wie z.B. Weck-werf -Windeln oder Fleischreste oder verfaultes Obst und vieles mehr.

Wenn ich zum Feierabend nach Hause kam, stand Horst auf dem Balkon und hat auf mich gewartet. Nicht aus Freundlichkeit, nein. Ich ging dann die Treppe hoch und er stand in der Tür, nahm mir meine Tasche ab, meine Jacke und schickte mich ins Bad.

Dort hatte er schon Wasser in die Wanne eingelassen und ich musste mich erst mal reinigen, da ich ja in einer Stinkfirma arbeitete. Das ging jeden Tag so. Er schaute auch auf die Uhr. Und wenn ich mal eine viertel Stunde später kam, war die Hölle los. Wo warst du, was machst du, mit wem treibst du dich rum?

Eines Abends erzählte er mir, dass er wieder eine Kur bekommt und sagte zu mir, lass dir doch auch mal eine Kur verschreiben.

Das war keine schlechte Idee, dachte ich und ging irgendwann zu unserer Ärztin und fragte, ob ich auch mal eine Kur bekommen kann. Sie kannte ja Horst und sagte: »Ich verschreibe Ihnen eine Erholungskur.«

Im Juli bekam ich Bescheid, dass ich zur Kur nach Schwangau im Allgäu fahre. Ich freute mich innerlich und machte nach außen die Besorgte, ob er auch alleine zurechtkommt und so weiter. Auch hatte ich einige Bedenken wegen Marcus. Ob das wohl mit den beiden gut gehen würde?

11/2 – Wie im Paradies

Mitte August bin ich mit dem Zug nach Schwangau gefahren. Vier Wochen für mich. Es war eine herrliche Bahnfahrt und ich fühlte mich bereits im Zug
wohl. Endlich mal wieder etwas alleine machen, ohne jemanden, der hinter mir steht und mir sagt, mach das so oder so.

Ich kam in Schwangau an und staunte nicht schlecht, als man mir ein Zimmer in einem Ferienhaus gab und nicht in einer Kurklinik.

Später erfuhr ich, dass es für eine Erholungskur diese

Unterkunft gab, da wir keine Anwendungen machen mussten.

In dem Zimmer war schon ein Bett belegt. Es war ein Doppelzimmer. Natürlich hatte die Person sich das beste Bett, am Fenster, genommen. Ich packte meine Sachen aus und ging nach unten, da es langsam Zeit für das Abendbrot war.

Ich sah, dass auf den Tischen die Zimmernummern standen, so wusste ich, wo ich mich hinsetzen musste. Wir saßen zu viert am Tisch. Zwei Frauen und zwei Männer. Nach dem wir uns vorgestellt hatten und es schon lustig am Tisch war, fragte ich, was wohl für eine Trude in meinem Zimmer untergebracht sein könnte.

Da drehte sich vom Nachbartisch eine Frau um und sagte: »Die Trude bin ich.« Wir haben uns angesehen und haben herzhaft gelacht. So entstand eine wunderbare Freundschaft. Sie hieß Gabi, war so groß und so lustig wie ich. Wir passten gut zusammen.

Nun begann für mich eine Zeit, die wunderschön war. Ich hatte es schon vergessen, wie es ist, fröhlich zu sein. Ich konnte tun, was mir gefiel und niemand war da, der etwas dagegen hatte.

Gabi und ich wir waren immer mit noch vier Leuten zusammen. Wir waren eine tolle Truppe und hatten viel Spaß. Da lernte ich Ralf näher kennen. Natürlich war er verheiratet, was ich ja auch war, also hatte jeder das Gleiche.

Gabi hat Olaf kennengelernt und so waren wir vier immer zusammen. Es war so schön. Nur ich war eine kleine Spaßbremse, da Ralf und Olaf wohl über einige hundert Mark verfügten und ich ein armes Schwein war.

Ich hatte gerade so viel Geld dabei, dass ich ein- bis zweimal in der Woche etwas trinken gehen konnte. Doch Ralf merkte es und sagte ich soll alles mitmachen, da er sich für die Zeit bei der Kur um mich kümmern wollte. Ich freute mich sehr, aber ein kleiner Stachel saß doch, da es nicht mein Geld war, was für mich ausgegeben wurde.

Jeden Abend ging es in eine Gaststätte, dort war es sehr lustig und danach kam die Frage auf, in welches Zimmer gehen wir heute? Manchmal war ich mit Ralf in seinem Zimmer, da er ein Einzelzimmer hatte oder wir waren bei mir im Zimmer und Gabi war bei Olaf. Auf jeden Fall hatten wir keine Sorgen, wir mussten nur aufpassen, dass uns keiner erwischte, wenn wir in einem anderen Zimmer waren, denn sonst hätten wir nach Hause fahren müssen.

Zu den Mahlzeiten saßen wir getrennt, da ja jeder von Anfang an seinen Platz hatte.

Eines Nachmittages klingelte das Telefon und Horst war am anderen Ende und schrie durchs Telefon, was ich da wohl treibe. Er rufe schon das dritte Mal an und immer sei ich nicht da. Ich treibe mich wohl nur rum und er mache sich Sorgen. Ich spinne wohl und soll am Telefon sein, wenn er anruft. Als ich zu Wort kam, sagte ich ihm, dass ich ja Anwendungen habe und nicht immer auf meinem Zimmer bin. Doch das zählte für ihn nicht und er beschimpfte mich weiter, bis er endlich auflegte. Mir kamen die Tränen und ich weinte richtig heftig. Was will der Kerl nur immer von mir. Nicht mal zur Kur lässt er mich in Ruhe, sondern drangsaliert mich da auch noch.

Gabi fragte mich, warum ich weine und nahm mich in den Arm, da musste ich noch mehr weinen und konnte mich kaum beruhigen.

Als ich mich dann etwas gefasst hatte, erzählte ich ihr einiges von Horst, dass er mich öfter schlägt, mich auf Schritt und Tritt beobachtet, mich beschimpft und ich keine ruhige Minute bei ihm habe.

Dabei müsste er doch die Klappe halten, wo er schon Jahre nicht mehr arbeitet und ich den Lebensunterhalt verdiene.

Da sagte Gabi: »Gabriela, wenn dein Mann dir wieder Theater macht, dann kannst du zu mir nach Nahe bei Hamburg kommen.«

Ich war froh Gabi zu haben. Sie tröstete mich und sagte, jetzt haben wir Kur und alles andere steht hinten an. Sie hatte recht und wir waren wieder fröhlich.

Jeden Morgen mussten wir vor dem Frühstück auf eine Bergwiese gehen und uns bürsten. Wir hatten dafür eine Handschruppbürste bekommen und sollten damit über die Haut rubbeln, um den Blutkreislauf anzuregen. Es machte sehr viel Spaß, da wir sehr albern waren.

Da wir wenige Anwendungen hatten, war unsere Freizeit sehr groß.

Ralf lieh sich ein Auto und wir zwei fuhren in Bayern rum und sahen viele schöne Dinge. Zu dieser Zeit war das Oktoberfest und wir fuhren zu fünft mit dem Zug nach München. Das war ein Spaß. Erst sind wir rumgelaufen und dann sind wir in ein Bierzelt. Da ging ja die Post ab. Eine Stimmung, da konnte man nicht ruhig sitzen. Wir sind dann am Abend 19:00 Uhr wieder nach Schwangau zurückgefahren.

11/3 – Zurück in der Gegenwart

Leider geht auch die schönste Zeit vorbei und ich musste wieder nach Hause. Ralf musste auch mit dem Zug fahren und so konnten wir die Zeit im Zug gemeinsam verbringen.

Je näher Borken kam, umso trauriger wurde ich und meine Angst kam langsam wieder.

Horst wartete mit Marcus auf dem Bahnsteig und nahm mich in Empfang. Ich konnte nicht anders, ich weinte bei der Begrüßung und Horst dachte, ich weine vor Freude, dass ich wieder zu Hause bin. Der merkte nichts.

Wir sind dann Essen gegangen, damit ich nicht gleich wieder kochen musste.

Ein paar Tage später, Horst war mal wieder besoffen, sagte er zu mir: »Du hast mit einem Kerl bei der Kur geschlafen. Sage mir, wer das war. Wenn nicht bekomme ich das ja doch raus, da du nachts erzählst.« Ich belog ihn und sagte, da war keiner und er sagte: »Wenn ich das rausbekomme, dann bringe ich dich um und das meine ich ernst. Keiner hintergeht Horst ungeschoren, merke dir das.«

Gott sei Dank hat er mich nicht wieder verprügelt und ging gleich ins Bett.

Natürlich hatte ich Angst, dass er mich in der Nacht ausfragt. Ich konnte keine Nacht mehr ruhig schlafen.

Doch dann gab er den Anstoß. Wieder mal hatte er schlechte Laune, als ich von der Arbeit kam. Ich hatte mich noch mit einer Kollegin unterhalten und kam deshalb zehn Minuten zu spät nach Hause. Ich sah ihn schon auf dem Balkon stehen mit einem bösen Gesicht. Sofort wurde mir schlecht und ich bekam Angst. Als ich die Treppe hoch kam, fragte er sofort, wo ich herkomme und mit wem ich mich getroffen habe? Hast du vielleicht deinen Kurschatten angerufen oder was? Und schon hatte ich seine Hand im Gesicht, ehe ich etwas sagen konnte. Ich bekam sofort Nasenbluten und er schubste mich ins Bad, das ich mit den ganzen Sachen in die Wanne flog, die er ja jeden Tag für mich mit Wasser füllte. Jetzt wirst du wenigstens mal richtig sauber, sagte er und ging aus dem Haus.

So das hat jetzt endlich gereicht. Ich konnte und wollte einfach nicht mehr.

Absatz 12 – Flucht vor dem eigenen Mann

12/1 – Die Planung

Da Horst ja nicht da war, rief ich Gabi an und fragte, ob sie noch zu ihrem Angebot steht, dass ich zu ihr ziehen könne? Sie fragte, was denn los sei und ich erzählte ihr, dass es wieder los geht und er mich schlägt. Natürlich sagte sie, dass ich zu ihr kommen solle. Es war Dienstag, der 03.10.1995 und ich sagte zu Gabi, dass ich am Donnerstag, den 05.10.1995 komme. Wann genau teilte ich ihr noch mit. Am nächsten Tag ging ich zu meiner Chefin und fragte, ob sie mein Geld bis morgen fertig machen könne, da ich morgen das letzte Mal da sein werde. Sie fragte wieso und ich sagte, dass ich mich von meinem Mann trenne. Ach das sollte ich doch noch mal versuchen und man soll nicht so schnell alles fallen lassen. Da erzählte ich ihr nur zwei Sachen, die er mir angetan hat und sie sagte, dass sie die Sachen bis morgen fertig machen würde. Dann rief ich von der Arbeit aus bei der Bahn an, wann am Donnerstag so gegen 20:00Uhr ein Zug nach Hamburg fahren würde. Von Borken fuhr schon mal kein Zug nach Hamburg, sondern ich musste nach Münster fahren und von da fuhr jede Stunde ein Zug. Ich benachrichtigte Gabi, dass ich 20:00 Uhr mit dem Zug komme und sie sagte, sie holt mich vom Bahnhof ab. Ich hatte mir das so gedacht, da Horst immer donnerstags nach Hoxfeld zum Training von mir gefahren wurde, könnte ich das ausnutzen und wenn er weg ist, schnell die Koffer packen und mit Marcus abhauen.

12/2 – Die Ausführung

Der Donnerstag, der 05.10.1995, war gekommen. Ich ging am Morgen wie immer zu Arbeit. Meine Chefin hatte mein Geld und die Papiere fertig gemacht. Ich fragte meine Kollegin, ob sie mein Geld und die Papiere mit zu sich nach Hause nehmen kann, da Horst ja auf mich wartet und ich erst mal in die Wanne muss. Nicht das er wie immer in meinen Sachen rumwühlt und das Geld und die Papiere findet. Sie sagte ja, aber wohl war ihr dabei nicht, da ihr Lebenspartner Peter ein Freund von Horst war. Kurz vor Feierabend fing es auch noch an zu regnen.

Nach der Arbeit ging ich wie immer gleich nach Hause und wie immer, stand der Kerl in der Tür und nahm mir meine Tasche und Mantel ab und schickte mich ins Bad. Danach machte ich Essen und sagte zu Horst, du willst doch wohl nicht bei diesem Wetter auf den Sportplatz fahren? Er sagte nein.

Oh Mist dachte ich, was soll ich nur machen?

Gegen 17 Uhr hörte es auf zu regnen und Horst sagte, fahre mich nach Hoxfeld, ich komme mit jemandem zurück. Mir fiel ein Stein vom Herzen. Natürlich fuhr ich ihn dieses Mal gerne auf den Sportplatz. Als ich zurück kam, sagte ich zu Marcus, er möchte bitte zu Manuela und Peter rüber gehen und etwas abholen. Er ging los und ich packte schnell ein paar Sachen ein.

Als Marcus zurück kam, sagte ich ihm, er solle seine Sachen, die er mitnehmen möchte einpacken und sich beeilen. Er fragte warum? Und ich sagte, wir hauen ab. Können wir das nicht morgen machen, fragte er mich und ich sagte nein. Natürlich konnte er nur wenige Sachen mitnehmen. Als ich alles eingepackt hatte, kam ich mir vor, als wenn ich unter der Dusche stand. Ich war fix und fertig, immer mit der Angst, der Alte steht in der Tür.

Wir fuhren dann mit dem Auto zum Bahnhof und ließen den Wagen da stehen und sind dann mit einem Taxi nach Münster gefahren. Als wir da ankamen, fuhr gerade der Zug nach Hamburg ab und der nächste ging erst in einer Stunde. Wieder warten und die Angst saß im Nacken, obwohl Horst ja nicht wissen konnte, dass wir in Münster auf dem Bahnhof standen, war ich erst erleichtert, als wir im Zug saßen Wir sind dann 21 Uhr mit dem Zug nach Hamburg gefahren. Meine Sorge war, dass Gabi nicht mehr da war, da ich ja nicht zur vereinbarten Zeit da war. Doch ich hatte Glück, Gabi stand mit Olaf auf dem Bahnsteig und wartete auf uns. Mir fiel so ein Stein vom Herzen. Wir haben uns umarmt und geküsst vor Freude. Gabi sagte mir, dass sie sich denken konnte, wenn wir nicht mit dem Zug um acht kommen, dann vielleicht einen Zug später. Wir sind dann zusammen nach Nahe gefahren, wo Gabi wohnte. Ihr Sohn Mathias (Matze) war auch da und nicht so begeistert, da er sein Zimmer mit Marcus teilen musste. Gabi sagte mir, dass sie sich erst vor kurzem von ihrem Mann getrennt hatte. Aber nicht wegen mir, da war ich froh. Sie sagte, ich soll erst mal meine Sachen auspacken und dann trinken wir einen auf das neue Leben. Ich war so erleichtert, dass ich endlich von Horst weg war.

Am nächsten Tag bin ich auf das Einwohnermeldeamt gegangen und habe uns angemeldet. Dann in der Schule, um Marcus anzumelden. Danach fuhr ich mit Gabi nach Norderstedt zu ihrer Firma »Ethicon«. Dort stellte ich mich vor und man sagte mir, dass ich am 11.10.1995 anfangen kann in der Spätschicht zu arbeiten. Ich besprach das mit Gabi und sie sagte, das geht in Ordnung, da sie Frühschicht hat und ich vormittags da bin und sie nachmittags, wegen der Kinder.

Ich bekam von Ethicon einen Zeitvertrag für ein halbes Jahr. Das hieß, ich hatte erst mal eine Arbeit bis März 1996 sicher.

12/3 – Wieder ein Neuanfang

Am Anfang lief es ganz gut bei Gabi – bis auf Marcus. Er verstand sich nicht so gut mit Mathias und musste mit ihm auch noch ein Zimmer teilen. Es gab öfter Streit zwischen den beiden. Marcus war zwölf Jahre und Mathias 14 Jahre, das ist so das Alter, wo sie in die Pubertät kommen.

Da ich ab Mittag nicht zu Hause war, konnte ich Marcus nicht richtig kontrollieren. Aus der Nachbarschaft, teilte man mir mit, dass Marcus die Weihnachtsbeleuchtung in den Vorgärten kaputt gemacht hatte. Dann habe ich in seiner Jackentasche Schminkzeug gefunden und ihn zur Rede gestellt, wo er das her hatte. Erst druckste er rum, doch dann sagte er, er habe es aus dem Laden weggenommen. Ich fragte ihn, für wen er das macht, da sagte er es ist für mich zum Nicolaus. Ich redete mit ihm und sagte, er solle sich benehmen und keine Dummheiten mehr machen. Er versprach es mir hoch und heilig.

Eines Abends, es war Samstag, klingelt es und die Polizei stand vor der Tür und wollte mich sprechen. Ich fragte, was los sei und sie sagten mir, dass Marcus mit zwei anderen Jungs auf einem Gelände Wohnwagen aufgebrochen und dort einiges kaputt machten. Ich dachte ich höre nicht richtig. Erst vor kurzem hatte er mir versprochen keinen Blödsinn mehr zu machen und dann so etwas. Ich war fix und alle. Ich sagte ihm, ehe er in den Knast kommt, ist es wohl besser, er geht zu seinem Vater.

Ich habe Horst angerufen und ihm erzählt, was vorgefallen ist und er möchte bitte Marcus abholen, damit er nicht noch mehr Mist anstellt.

Er kam am nächsten Tag und hat Marcus von der Schule aus mit nach Borken genommen. Ich habe ihn nicht noch mal gesehen und hätte es auch nicht gekonnt, denn es tat mir sehr weh. Ich hatte Angst, dass er irgendwann in den Knast kommt, wenn er mit solchen Jungs weiterhin verkehrt.

Natürlich war ich jetzt das schwarze Schaf. Horst erzählte nichts Gutes von mir und ist sogar in die Sendung von Fliege gegangen, mit dem Titel »Frau verlässt Mann und Kind«. Er ist dort mit Marcus aufgetreten und hat erzählt, wie er sich um mich gesorgt hat und mir jeden Wunsch erfüllte, zum Beispiel wenn ich einen Hund wollte, hat er mir einen Hund gekauft, aber das er mich grün und blau geschlagen hat, dass hat er nicht erzählt. Er hat sogar noch eine Spende bekommen, weil er so auf die Tränendrüsen gedrückt hat. Ich verstehe den Herrn Fliege nicht, dass er als Kirchenmann nicht vorher eine eigene Meinung einholt, sondern dem einfach glaubt, was ihm erzählt wird.

Vor allem es kam ja im Fernsehen und wie viele Leute haben das gesehen und brechen nun den Stab über mich, wo es doch über ihn zu richten gilt.

Ich habe mir dann eine Wohnung gesucht und bekam eine in Norderstedt. Zwei Zimmer, Küche, Bad und Balkon. Gabi war nicht sehr erfreut darüber, da sie wieder alleine war und die Hälfte der Miete wegfiel.

In der Firma war es ganz nett, nur mich befriedigte die Arbeit nicht ganz. Außerdem ging die Zeit so schnell rum und ich hatte nur einen Vertrag bis März. Jedes Mal, wenn ich Herrn Jegsen vom Betriebsbüro auf dem Flur sah, fragte ich, ob er eine andere Arbeit für mich hatte und einen Festvertrag. Ich hatte schon das Gefühl, dass er mir aus dem Weg ging. Dann las ich bei der internen Ausschreibung, dass jemand für das PDS- Labor gesucht wird. Natürlich mit einigen Voraussetzungen, die ich einfach ignorierte und bei dem Personalbüro anrief.

Der Personalleiter fragte mich über einige Kenntnisse aus und ich musste immer sagen, weiß ich nicht. Zum Schluss sagte ich ihm noch, dass ich lernfähig bin und alles tun werde, um der Stelle gerecht zu werden. Nach ungefähr zwei Wochen sollte ich zu Dr. Förster kommen, er war der Bereichsleiter von allen Laboren. Mit gemischten Gefühlen bin ich hoch in die Teppichabteilung. Dr. Förster empfing mich und fragte, wo ich herkomme, da mein Akzent nicht zu überhören sei, dass ich aus der ehemaligen DDR komme. Nur aus welcher Stadt, das kann man nicht ganz hören. Ich sagte ihm, dass ich aus Halle an der Saale komme und da erzählte er mir, dass er auch öfter rüber fährt, da es da so schöne Ecken gibt und wir redeten über die damaligen Verhältnisse. Durch dieses Gespräch hat er mir die Aufregung genommen und ich konnte locker über alles reden. Danach sind wir in das Labor gegangen und er hat mich den Kolleginnen vorgestellt. Ab 1. Februar konnte ich im PDS- Labor arbeiten und bekam einen Festvertrag. Ich war glücklich.

Absatz 13 – Mit 45 fängt das Leben erst an

13/1 – Das Kellnern

Nach der Scheidung von Horst wurden die ganzen Schulden auf mich übertragen, da die Bank sich das Geld von demjenigen holt, der arbeitet und Geld verdient.

Horst arbeitete immer noch nicht und so musste ich mir was einfallen lassen, wie ich zu mehr Geld kommen konnte. Der Verdienst von Ethicon reichte für Miete, meine Möbel (die ich auf Kredit gekauft habe), Unterhalt für Marcus und zum Leben für mich. Meine erste Nebenarbeit als Kellnerin machte ich in Nahe in der Pinte.

Ein kleines nettes Lokal. Dann hatte ich in Tomfort, ein Tanzcafé, am Wochenende gekellnert, aber es war nicht regelmäßig und so las ich in der Zeitung, dass eine nette Kellnerin für die bayrische Gaststätte »Zum Bayern-Peter« gesucht wurde. Nach der Arbeit ging ich zu der Gaststätte, die nicht weit von meiner Wohnung war. Der Peter war ein richtiger Bayer. Ich glaube 1,90 Meter groß und die Kusch am rechten Fleck. Ich stand vor ihm und musste nach oben schauen, dass fand er lustig und stellte mich nach einigen Fragen ein.

Ich arbeitete drei Mal die Woche von 18:00 Uhr bis 24:00 Uhr bei Ihm.

Manchmal war es ganz schön stressig. Die Gaststätte war fast immer voll und ich hatte viel zu tun, da ich alleine bedient habe. Micha stand hinter dem Tresen und Peter hat gekocht. Aber es war auch eine schöne Zeit. Wir haben viel gelacht und mit den Gästen hatte ich ein gutes Verhältnis, was sich auch am Trinkgeld bemerkbar machte.

Wenn ich nur den Job bei Peter gehabt hätte, wäre es das Ideal für mich gewesen. Aber ich musste ja bei Ethicon acht Stunden arbeiten und vor allem wurde Konzentration und Aufmerksamkeit gefordert.

Die Tätigkeit bestand unter anderem darin, dass wir das Nahtmaterial, das für eine Operation gebraucht wurden auf Reißkraft und Stärke prüfen mussten. Auch Steffen musste auf mich an Tagen, wo ich beim Bayern Peter noch zusätzlich gearbeitet habe, verzichten. Nach ca. 2 1/2 Jahren hatte ich die Schulden bezahlt und aufgehört zu kellnern.

13/2 – Steffen

Mit Gabi ging ich einige Male zu Tomfort. Das war ein Tanzlokal, wo das Alter keine Rolle spielte. Hauptsache man konnte tanzen und es war lustig. Schön war, dass die Tanzfläche sehr groß war. Am 26.02.1996 war im Tomfort Fasching und ich verkleidete mich als Sprotte. Meine Haare machte ich grün und zog ein raffiniertes Kleid an, was ein Bein völlig verdeckte und das andere bis fast zum Oberschenkel frei lies. Es sah sehr verführerisch aus und da ich nur 48 kg gewogen habe, konnte ich mir das leisten. Dann kam Steffen und forderte mich zum Tanzen auf.

Er sah sehr intelligent aus und konnte gut tanzen.

Es machte richtig Spaß. Ich glaube, es war der dritte Tanz, da sagte er zu mir, dass ich schöne Beine habe und ich antwortete das andere auch. Er hat mich etwas verwundert angesehen, was ich nicht so beachtete. Viel später sagte er mir, dass er verstanden habe, dass ich mit »das Andere auch« meinen Körper meinte, aber ich meinte das andere Bein, was man ja nicht sehen konnte, wegen des Kleides. Wir haben bei der Aufklärung viel gelacht und ein bisschen war ich verlegen, bei dem Gedanken, dass es etwas sehr freizügig klang, was ich in meiner Naivität sagte.

Wir trafen uns häufig und er erzählte und erzählte und irgendwann konnte ich nicht mehr auf das Erzählen verzichten und suchte für immer seine Gesellschaft. Die erste Zeit waren wir nicht so oft zusammen, da ich ja abends noch kellnerte. Aber er war tolerant und wusste, für was ich das machte. Er schimpfte nur mit mir, weil ich allein die Schulden bezahlte und Horst mit dem Auto umher fuhr, auf dem die Schulden auch liegen.

Ende 1998 bin ich zu Steffen in die Danziger Straße gezogen. Er hatte zwei Zimmer, Bad, Küche und Balkon. Das wurde für uns etwas zu klein und wir suchten uns im nächsten Jahr eine größere Wohnung und fanden sie in Henstedt Ulzburg. 80 Quadratmeter und wunderschön geschnitten. Sie hatte nur einen Fehler, sie lag genau an der Hauptstraße. Und da war jeden Tag Autolärm. Am schlimmsten war es von 16:00 Uhr bis Mitternacht. Von 2:00 Uhr bis 4:00 Uhr war fast Ruhe und man konnte schlafen. Dann ging der Lärm wieder los.

Steffen war ein Mann mit dem man gut reden konnte und der mir auch zuhörte und mich verstand. Er fragte, was ich in der DDR gearbeitet habe. Ich erzählte ihm, dass ich bei Stegemann war und dort an der Presse gestanden habe. Dann bei der Deutschen Reichsbahn und dann wieder bei Stegemann. Stegemann hat dann seine Firma verkauft und es wurde VEB Germaplast. Ein Betriebsteil war in Trotha (Rand Halle), wo Kupplungsringe für den Trabant als Rohlinge zu uns kamen und bearbeitet wurden. Ich habe mich dahin versetzen lassen, da es mehr Geld gab wegen der Nachtschichten. Wir mussten die Rohlinge, die in Asbest getränkt waren, in eine heiße Presse legen. Immer vier Stück. Dann wurde die Maschine zugefahren und nach einer gewissen Zeit wurde sie von uns wieder geöffnet. Man musste gleich einen Schritt zurück gehen, da so eine Qualm Wolke mit Gestank heraus kam.

Die Kupplungsringe waren jetzt schwarz und hatten Einbuchtungen um für den Trabant passend zu sein. Es war auch sehr heiß und im Sommer standen wir im Bikini vor den Maschinen und haben so gearbeitet. Natürlich nur in der Nachtschicht, da wir nur zu zweit waren. Steffen fragte, ob wir Mundschutz oder irgendeine Sicherheit hätten. Natürlich nicht, wir machten, was wir sollten und für uns gab es keine Fragen,

1996 bekam ich eine Mitteilung von der Zentralen Erfassungsstelle asbeststaubgefährdeter Arbeitnehmer.

Ich sollte meine Lunge untersuchen lassen, da ich in früheren Jahren bei einer Tätigkeit in einem asbestverarbeitenden Betrieb Asbestfeinstaub ausgesetzt war. Den Termin und welcher Arzt die Untersuchung macht, sollte mir noch mitgeteilt werden. Woher die das wussten, war mir ein Rätsel. Die letzte Untersuchung hatte ich am 20.06.2011.

Steffen habe ich natürlich meine Vergangenheit erzählt und auch klar gemacht, was ich nicht ertragen kann. Zum Beispiel, wenn die Hand nach mir gehoben wird, dann zucke ich zusammen und wenn man laut wird beim Reden oder sogar brüllt, dann gehe ich am besten in einen anderen Raum. Durch ihn lernte ich seine Ex-Frau Bärbel kennen und ihren Mann Gernot. Es waren ganz liebe Menschen und gute Freunde. Bärbel sagte immer zu Steffen, dass er mich heiraten soll, denn eine Bessere würde er nicht bekommen.

Im Sommer 1997 waren wir bei Bärbel und Gernot auf dem Campingplatz an der Ostsee zu Besuch. Sie hatten uns eingeladen und nach dem Grillen sind wir spazieren gegangen, um das gute Essen zu verteilen. Am Ende von dem Campingplatz war an einem Pfeiler ein Zettel mit dem Hinweis, dass ein Wohnwagen mit Platz zu verkaufen ist. Bärbel und Gernot sagten, wir sollten uns den Platz ruhig mal ansehen. Man muss ihn ja nicht nehmen, wenn man nicht will.

Naja, wir waren nicht so begeistert, da es noch nicht gleich sein sollte, aber wir haben uns den Wohnwagen angesehen. Es war ein 20 Jahre alter Tabbert mit fünf Meter Länge und einem alten Vorzelt, was nicht mehr so gut war. Aber eine herrliche Aussicht auf die Ostsee von diesem Platz, das war fantastisch.

Die ältere Dame wollte aufhören, da sie nicht mehr so gut laufen konnte und der Platz ja auf einem kleinen Hügel war. Wir waren uns nicht ganz sicher, was wir machen sollten, da sagte Bärbel, so einen Platz bekommt ihr nicht wieder. Daraufhin haben wir den Platz mit Wohnwagen für 5000 DM gekauft. Anschließend sind wir zu Bärbel und Gernot in den Wohnwagen und haben auf unseren neuen Campingplatz angestoßen. In den nächsten Tage haben wir den Vertrag unterschrieben und konnten noch August und September an-campen.

Es war dort herrlich. Am Morgen wenn ich aufgestanden bin und alles noch schlief, kochte ich mir einen Kaffee und genoss die Stille, schaute auf das Meer hinaus und hörte das langsame Erwachen der Natur. Nun campen wir schon 15 Jahre und ich habe noch nicht die Nase voll. Jeden Tag genieße ich es hier und bin dankbar, dass ich das erleben darf.

1997 war ich mit Steffen das erste Mal im Urlaub. Im Juni in der Türkei. Es war sehr schön, aber auch sehr heiß. 1998 waren wir in Spanien. da war die Fußball-WM, das war herrlich. Wir waren den ersten Abend in einer Finka und haben uns ein Fußballspiel angesehen mit einem Krug Sangria. Es war einfach schön, bis ich eine Gallenkolik bekam und Steffen mich ins Hotel schleppen musste. Die Leute, die uns gesehen haben, dachten bestimmt, ich sei betrunken. Ich habe mich dann hingelegt und irgendwann ging es wieder weg.

Bis auf den einen Tag ging es mir gut und wir hatten einen schönen Urlaub. Wir mieteten ein Auto und sind über die ganze Insel gefahren.

Wenn ich da an den Urlaub mit Horst denke, da waren wir nur einmal in Kroatien und hatten wenig Geld. So ein Urlaub kann auch schön sein, wenn der Partner nett ist und nicht den ganzen Tag rummeckert und einem die Laune verdirbt und so sind wir nach einer Woche wieder nach Hause gefahren.

13/3 – Die Hochzeit

Steffen hat mich irgendwann gefragt, ob ich ihn heiraten möchte und ich habe ja gesagt, da er sehr lieb ist und wir uns gut verstanden und viele Gemeinsamkeiten hatten. Er bastelt zum Beispiel Schiffe aus Karton vom Kriegsschiff bis zum Schlepper, im Maßstab 1 zu 250. Ich bastle 3D Karten zu sämtlichen Anlässen, wie Hochzeit, Geburtstag, Kommunion, Weihnachten und viele mehr. Auch reisen wir beide gern, vor allem ich, und erkunden Deutschland und die Welt.

Wir hatten dann das Aufgebot für Freitag, den 28.02.2002, bestellt. Ich wollte erst den 26.02. nehmen, weil wir uns da kennengelernt haben, aber der Tag fiel auf einen Wochentag und ich wollte nicht, dass meine Kollegen davon erfahren. Sie sagten, wenn ich mal heirate, kommen sie alle. Wir wollten das in Ruhe und nur für uns machen.

Wir hatten 11:00 Uhr die Trauung, die sehr schön war. Wir waren allein, ohne Trauzeugen, nur mit der Standesbeamtin. Danach sagte Steffen: »Lass uns an die Nordsee fahren und schön essen gehen.« Gesagt, getan. Wir fuhren an die Nordsee.

Das Wetter war nicht so toll, was ja im Februar normal ist. Als wir ankamen und Steffen die bestimmte Gaststätte am Deich ansteuerte, war diese geschlossen. Er sagte: »Nicht so schlimm, da fahren wir eben zur Nächsten.« Nur die war auch zu und die Dritte hatte keinen Mittagstisch mehr, da es inzwischen schon 15:00 Uhr war. Sie fragten uns, ob sie ein Schmalzbrot machen sollen, aber wir lehnten ab. Wir fuhren noch in zwei verschiedene Orte an der Nordsee, aber immer das Gleiche, zu oder warmes Essen erst ab 18:00 Uhr.

Da das Wetter schlechter wurde und es schon anfing etwas dunkel zu werden, kamen wir zu dem Entschluss, nach Hause zu fahren und in Henstedt Ulzburg beim Griechen unser Hochzeitsmahl einzunehmen. Es war ein aufregender Hochzeitstag, den ich nicht vergessen werde.

Eine Woche später hatten wir dann in einer griechischen Gaststätte in Norderstedt mit Renate, Gernot, meinen Schwestern Christina und Karola, Steffens Sohn Maik und einigen Freunden unsere Hochzeit gefeiert ein. Es war ein sehr schöner Abend und wir haben viel gelacht und getanzt.

Endlich kann ich jetzt ein ruhiges, schönes Leben führen. Eins, wie ich es mir immer gewünscht habe. Doch ganz so ruhig war es dann doch nicht. Steffen ging wie jedes Jahr zur Jahresuntersuchung und zum Urologen. Dort war nach den Untersuchungen alles in Ordnung und Steffen sagte dem Arzt, dass es beim Wasserlassen etwas langsamer geht. Der Urologe sagte: »Das ist im Alter normal, aber wir können ja mal einen PSA Test machen, den sie selbst bezahlen müssen.« Da Steffen jedes Jahr zur Vorsorge ging, hat er zugestimmt. Nach ungefähr drei Tagen hat der Arzt angerufen, Steffen möchte sich bitte in der Praxis vorbeikommen. Es wurden erhöhte Werte im PSA Test gefunden und es musste eine Gewebeprobe von der Prostata entnommen werden.

Steffen bekam einen Termin dafür und dann hieß es warten. Die Diagnose »Prostata Krebs« und zwar so schlimm, dass eine Operation nicht zu umgehen war. Er ist dann in Eppendorf im Krankenhaus operiert wurden und hatte die OP auch gut überstanden.

Alle Vierteljahr muss er seither zum PSA-Test. Nach zwei Jahren waren die Werte wieder erhöht und er bekam 39 Bestrahlungen, die aber auch nichts brachten.

Nun versuchen sie es mit Hormonspritzen, damit die Werte unten bleiben. Ein Glück, dass der Prostata-Krebs sehr langsam wächst und Steffen mit den Spritzen noch lange leben kann.

Das muss ich aber noch berichten:

Im Januar 2008 fragte mich eine Kollegin, ob ich eine Katze haben möchte, da sie weiß, dass ich tierlieb bin. Ha, eine Katze, da hatte ich noch nie etwas mit am Hut. Sie sagte, sie zieht nach England und wüsste niemanden, dem sie die Katze anvertrauen würde. Sie ist stubenrein, geimpft und sechs Jahre alt. Sie wurde am 19.04.2002 geboren. Na ja, sagte ich, dann bring sie mal mit und ich probiere eine Woche, ob es mit uns gut geht. Wenn nicht, bekommst du sie zurück. Gesagt, getan, am Freitag brachte sie die Katze zum Feierabend mit und wir trafen uns vor dem Firmentor. Sie übergab mir einen Umzugskarton und sagte: »Nicht aufmachen, sonst springt sie raus.« Also fuhr ich mit der Katze, die ich noch nicht einmal gesehen hatte nach Hause. Ich klingelte und mein Mann machte die Tür auf und fragte gleich: »Was hast du denn da?« Eine Katze, sagte ich, und er war sehr überrascht. Ich sagte: »Nur eine Woche zur Probe, wenn nicht, geht sie zurück.« Dabei machte ich den Karton auf und heraus sprang eine wunderschöne Katze, die sich sofort an Steffens Beine ran schmiegte und schnurrte. Auch zu mir kam sie.

Es ist eine echte Siam-Katze mit einem schwarzen Kopf, schwarzen Pfoten und einem schwarzen Schwanz. Der Bauch und Rücken sind braun bis beige. Das schönste aber sind ihre blauen Augen, mit denen sie uns immer anschaut.

Wir waren begeistert von der Katze, da sie so viel schmuste und so anhänglich war. Am nächsten Tag, es war Samstag, gingen Steffen und ich in einen Tierladen und kauften alles, was die Katze braucht.

Ihr Name war Merri, den wir aber nicht gut fanden und ich schaute im Internet und fand den Namen Bonny besser für unsere Katze. Nach ein paar Tagen hörte sie auf den Namen.

Heute ist unsere Bonny schon elf Jahre alt und wir möchten sie nicht mehr missen. Sie bringt uns so viel Freude und Zuneigung und es vergeht kein Tag, an dem wir nicht von ihr reden. Ein wahres Geschenk, Danke Violetta

Absatz 14 – Warum ich ?

14/1 – Der Schmerz

Es ist eine schöne Zeit mit Steffen und wir hatten viel Spaß und Freude. Jetzt haben wir schon zwei Kreuzfahrten gemacht. Eine Ostseekreuzfahrt 2006 zum Baltikum mit zwei Tagen Aufenthalt in Sankt Petersburg und andere Aufenthalte. 2008 haben wir eine Nordmeerkreuzfahrt über Island, Spitzbergen, Nordkap und andere Länder gemacht. Beide Fahrten haben wir auf dem Schiff Mona Lisa gemacht. Ein herrliches Schiff, auf dem man noch genug Platz hat, auch an den Tagen auf See. Leider ist die Mona Lisa ein Jahr später, also 2009, aus dem Verkehr gezogen worden, da sie zu alt war.

Danach haben wir noch zwei Kreuzfahrten auf der AIDA gemacht, die uns sehr gut gefallen haben.

Eine war mit der AIDAaura nach Asien 2011, wo wir in Bangkok, Koh Samui, Penang, Kuala Lumpur, Singapur, Brunei und in Ho Chi Minh Stadt Ausflüge gemacht haben.

Die andere Reise war mit der AIDAcara 2012 nach Südamerika mit Ausflügen zu den Iguazu-Wasserfällen von der brasilianischen und der argentinischen Seite. Danach waren wir noch in Brasilien z.B. Rio de Janeiro, in Uruguay z.B. Montevideo, in Argentinien z.B. Buenos Aires. Als wir danach nach Hause geflogen sind, war Steffen krank. Ich denke, er hatte sich einen Virus eingefangen. Er war überhaupt nicht ansprechbar, als wenn er unter Drogen gestanden hätte. Zwei Tage später war es wieder weg, aber er sagte, irgendetwas ist seit dem anders.

Dann kam der Tag an dem für mich alles anders wurde.

Ich hatte Dienstag, den 06.07.2010, am Abend beim Fernsehen etwas Schmerzen im linken unteren Bauchbereich. Meine Diagnose war vielleicht Eierstock- Entzündung und ich nahm eine Aspirin, die aber nicht half.

In der Nacht wurde ich beim Umdrehen vor Schmerzen wach.

Am Mittwoch fuhr ich wie immer 5:00 Uhr zur Arbeit, wo mir das Einsteigen in mein Auto schon schwer fiel. Ich konnte immer schlechter laufen vor Schmerzen und sagte dann zu meinem Chef: »Ich werde um 10 Uhr zum Arzt fahren, da er nur bis 11:00 Uhr Sprechstunde hat.« Darauf er: »Wenn sie während der Arbeit zum Arzt gehen, müssen sie schon arge Schmerzen haben.«

Ich bin zum Frauenarzt gefahren und war zehn vor Elf da, aber der Arzt war nicht da, er musste zu einer Operation. Daraufhin bin ich nebenan zu meinem Hausarzt Dr. Salm, einem Internist gegangen. Er untersuchte mich und merkte, dass ich starke Schmerzen beim Tasten am Unterleib unten links hatte. Daraufhin machte er eine Ultraschallaufnahme und stellte fest, dass ich im Bauch ein großes Teil hatte, was da nicht hingehört.

In meiner Aufregung und vor Schmerzen merkte ich gar nicht, wie aufgeregt der Arzt war.

Er schrieb sofort eine Einweisung für das Krankenhaus, mit der Bemerkung **Notfall**.

Als ich nach Hause kam, staunte mein Mann und fragte sofort, was los sei, da ich nie vor dem Feierabend nach Hause kam.

Ich sagte ihm, dass ich Schmerzen habe und was Dr. Salm festgestellt hatte. Er packte gleich die Tasche für das Krankenhaus und wir fuhren nach Neumünster ins Friedrich- Ebert Krankenhaus.

Da braucht man Nerven wie in jedem Krankenhaus. Es ging los: Anmelden, warten, Blut ziehen, warten, Arztbesprechung, warten, CT- Aufnahme, warten.

Das ging bis 16:00 Uhr, von 12:00 Uhr an. Mein Mann sagte dann der Schwester, dass es jetzt reicht und wir mal was essen und trinken müssen, da wir das Letzte morgens um 9:00 Uhr zu uns genommen haben. Die Schwester war nicht sehr begeistert und sagte, die Ärztin kann jeden Moment kommen. Aber mein Mann bestand darauf und wir gingen in die Cafeteria. Dort nahmen wir jeder ein Würstchen und einen Pott Kaffee zu uns und gingen wieder in die Abteilung.

Zehn Minuten später kam eine Frauenärztin und nahm mich mit zur Untersuchung.

Beim Ultraschall von innen sah man einen dunklen Fleck, der sich nach oben ausdehnte.

Sie sagte, so etwas habe sie noch nicht gesehen, es sei ungewöhnlich und sie müsse einen Bauchschnitt machen, da sie nicht wisse, was da auf sie zukommen würde. Wahrscheinlich müsse sie den linken Eierstock entfernen und an dem rechten ist eine Zyste.

Ich sagte ihr, wenn sie einmal dabei ist, könne sie den

rechten Eierstock auch mit entfernen, damit ich nicht später wieder ein Problem habe.

Sie sagte, wenn das Gebilde größer ist als erwartet, brauche ich keine Angst zu haben, da vor Ort der Chirurg ist und die Operation übernimmt. Ich hab das gar nicht so mitbekommen was da auf mich zu kommt.

Ich sollte gleich operiert werden, da man Angst hatte, dass das Gebilde platzt. Aber da ich am Vorabend eine Tablette genommen hatte, kam ich erst am Donnerstag, den 08.07.2010, dran. Ich wurde also am Freitag auf die Frauenstation einquartiert, in ein Fünf-Bettzimmer. Ein Bett war leer. Zwei waren mit türkischen Frauen belegt.

Eine Ältere, die den ganzen Tag Besuch von mindestens fünf Personen hatte und sich nicht wie wir leise unterhielten. Ein Glück, dass ich am nächsten Tag schon 8:00 Uhr zur OP rausgeschoben wurde.

Was dann kam, weiß ich nicht, da ich geschlafen habe. Ich kann mich nur entsinnen, dass ich brechen musste und keiner kam, also kam alles ins Bett. Die Schwester sagte, wieso ich nicht geklingelt habe, aber ich war der Meinung, ich hab geklingelt.

Steffen sagte, dass ich sehr schlecht ausgesehen habe nach dem Eingriff und dieser vier Stunden gedauert habe. Richtig zu mir kam ich erst am 09.07.2010 gegen 17:00 Uhr auf der chirurgischen Station.

Ich konnte mich kaum bewegen und mein ganzer Bauch tat weh. Die Schwestern waren sehr nett zu mir und gaben mir Schmerztropfen, damit ich schlafen konnte.

Als am Samstag der Arzt zur Visite kam, fragte ich, was sie nun mit mir gemacht haben. Er erklärte es mir so:

Die Frauenärztin hat zuerst unten meinen Bauch aufgeschnitten und die beiden Eierstöcke entfernt.

Da das Teil aber noch weiter nach oben reichte, musste der Chirurg eingreifen und schnitt meinen Bauch weiter auf, bis hoch zur Brust. Der Tumor war am Dünndarm fest dran und beim Entfernen wurde der Darm aufgeschnitten.

Er konnte aber wieder zugenäht werden, wobei ich drei Tage nichts essen durfte.

Dieses große Teil ist zur Pathologie nach Kiel geschickt wurden, um festzustellen, was es für ein Tumor war (gutartig oder bösartig).

Da ich nicht nur liegen konnte, bin ich schon am Samstag aufgestanden und habe mich selber gewaschen und war alleine auf Toilette.

14/2 – Die Diagnose, die man nie hören will

Am Dienstag, den 13.07.2010, kam die Frauenärztin Frau Dr. Tiele zu mir und erzählte, was sie gemacht hat. Dann sagte sie: »Frau Weben, ich glaube der Tumor ist bösartig.«

Da brach bei mir alles zusammen. Das war wohl die ganze Anspannung der vergangenen Tage. Ich musste so weinen und konnte mich gar nicht beruhigen. Die Ärztin nahm mich in den Arm und sagte, weinen sie nur ruhig, da kann alles raus.

Als ich mich wieder beruhigt hatte, sagte sie, sie werde sich erkundigen, was zu machen sei.

Am Mittwoch kam der Stationsarzt und teilte mir

mit, dass von der Pathologie das Ergebnis da ist und es ein Bindegewebe-Krebs ist.

Da ich das schon von der Frauenärztin gehört habe, hat es mich nicht so umgehauen.

Der Arzt erklärte mir, dass es ein außergewöhnlicher Krebs sei und er bei einer Millionen Menschen bei 10-20 Menschen vorkommen würde.

Es wurde der größte Teil entfernt, aber es sind noch einige Tumore an Darm und Leber, sowie an der Bauchdecke, die mit einer Therapie behandelt werden müssen. Sie konnten nicht alle Tumore entfernen, da es lebensbedrohlich gewesen wäre. Jetzt bekomme ich eine Tabletten- Therapie, die verhindern soll, dass die Tumore wachsen. Ich muss sie ein Leben lang nehmen.

Ich wollte auf alle Fälle keine Chemo- Therapie, wenn es nicht unbedingt sein muss. Vor allem hatte ich Angst wegen den Nebenwirkungen.

Da kam die Frauenärztin zu mir und erzählte mir, dass es zwei Sorten von diesem Bindegewebe-Krebs gibt. Der eine ist nicht therapierbar und man hat keine Chance zu überleben.

Der andere kann mit Tabletten ruhig gehalten werden. Mit einer Freude sagte sie mir, dass ich den therapierbaren Krebs habe. Ein Schwede hat vor drei Jahren durch Studien festgestellt, dass die Tablette »Clivec«, die für chronische Leukämie ist auch bei Bindegewebekrebs hilft.

14/3 – Der Kampf

Am 05.08.2010 habe ich mit der Tabletten-Therapie begonnen. Ich muss jeden Tag zu einer gleich bleibenden Zeit, am besten während des Essens, eine Tablette mit einem großen Glas Wasser einnehmen.

Nebenwirkungen können sein: Durchfall, Schwindel, Übelkeit, Kopfschmerzen, Hautausschlag, Erbrechen und Blutarmut, Wasseransammlungen in den Augenlidern und in den Beinen, Krämpfe in den Waden und Füßen.

Seit ich die Tabletten nehme, habe ich öfters Durchfall, der manchmal eine halbe Stunde nach dem Frühstück, oder manchmal eine Stunde später kommt. Ich konnte es nie einschätzen, wann ich auf die Toilette musste. Ich hatte große Probleme in der Firma damit, weil die Toiletten weit von unserem Labor waren und wir durch eine Schleuse gehen mussten, wo wir den Kittel, die Haube und die Schuhe ausziehen mussten. Ich kam manchmal ganz schön ins Schwitzen, dass ich es bis auf die Toilette schaffe, ohne in die Hose zu machen. Als ich das meinem Chef sagte, meinte er, da müsste man mal sehen, ob wir einen anderen Raum für sie finden. Aber damit war es auch getan. Es kam nichts mehr.

Am 25.08.2010 juckte mir die linke Handfläche und da waren kleine Bläschen, die immer wieder stark juckten.

Ich hatte aus dem Krankenhaus noch eine Salbe (Kortikoid-ratiopharm 0,1% Creme), die ich auf die Stelle einrieb. Nach einer Woche trocknete die Haut und ich konnte sie ablösen.

Seit dem 07.09.2010 habe ich das Gleiche in der rechten Handfläche. Ich bearbeite es wie die linke Hand und werde sehen, wie lange das geht.

Jetzt nehme ich die Tabletten schon 50 Tage und außer den kleinen Übeln, geht es mir gut und ich habe keine weiteren Nebenwirkungen.

Ganz so gut geht es mir mit der Zeit nicht mehr. Im August sind es jetzt zwei Jahre, seit ich die Clivec nehme. Ich habe jeden Morgen Wasseransammlungen in den Augen. Die Lieder sind dick wie Würste, die Augen tränen und ich sehe verschwommen, bis die Schwellung weggeht. Ich muss morgens etwas eher aufstehen, da ich sonst nicht mit dem Auto zur Arbeit fahren kann wegen der Sichtbehinderung.

Dann habe ich Wasseransammlungen in den Beinen, was schmerzhaft und manchmal so schlimm ist, das ich denke die Haut platzt.

Sehr oft habe ich Muskelkrämpfe in den Beinen, vor allem in der Nacht, wo man sich unkontrolliert bewegt.

Auch führen die Tabletten zu einer Gewichtszunahme, die nicht zu korrigieren ist. Bei dem Durchfall, der manche Tage bis zu sechsmal passiert, müsste ich das Idealgewicht haben.

An den Geheimratsecken rechts und links sind mir die Haare ausgegangen. Es geht aber noch, da ich die Stellen mit dem Pony verdecken kann.

Ich sage immer: »Anderen geht es schlimmer und was soll man machen, ich lebe noch und hoffentlich noch recht lange.

Jetzt habe ich im Internet gelesen, dass die Tablette Clivec nur fünf Jahre wirken sollen, dann ist der Krebs resistent dagegen. Man kann dann die Dosis von jetzt 400mg auf 800mg erhöhen. Das geht dann auch wieder ein Weilchen, aber dafür sind die Nebenwirkungen doppelt so hoch als jetzt und das möchte ich auf keinen Fall. Ich hoffe, dass es bis dahin wieder neue Tabletten gibt, die den Bindegewebs-Krebs aufhalten können.

Nun bin ich zu Hause (Juni 2012), ich habe Altersteilzeit, die passive Phase und muss nicht mehr jeden Morgen um 5:00 Uhr mit dem Auto zur Arbeit fahren. Das heißt, die Wasseransammlung in meinen Augen muss nicht so schnell zurückgehen und ich kann mir Zeit lassen.

Dr. Held von der Onkologischen Abteilung hat mir gesagt, dass man mit Tonic-Wasser etwas gegen die Krämpfe tun kann. Zuerst habe ich jeden Tag Tonic-Wasser getrunken und ich habe fast keine Krämpfe in den Beinen mehr gehabt. Doch leider ist in dem Tonic-Wasser auch jede Menge Zucker drin, was nicht gerade für mein Gewicht gut ist. Also habe ich es reduziert und trinke nur ein Glas am Tag, was mir aber auch wieder Krämpfe in den Beinen einbringt.

Es ist nicht nur in der Nacht, sondern auch am Tag, wenn ich meine Füße strecken muss, dann kommt der Krampf bis zu den Waden hoch. Heute hatte ich mich gebückt, als ich mir die Hose ausgezogen habe, da hatte ich in der Bauch Gegend einen Krampf. Und nun auch noch in der Hand.

Da bekommt man ja Angst. Was ist, wenn mein

Herzmuskel auch einen Krampf bekommt oder irgendein Muskel, wo es gefährlich sein kann? →

Montag, den 22.04.2013, bin ich beim Zirkeltraining und bekomme plötzlich einen Muskelfaserriss in der linken Wade. Ja, das tat vielleicht weh.

Kommt das auch von den Tabletten?

Es ist jetzt schon das dritte Mal, dass ich bei einer Kreuzfahrt oder im Urlaub, bei Wärme, so dicke Füße bekomme, dass ich den Arzt aufsuchen muss, da die Haut so gespannt ist, dass ich denke, sie platzt jeden Moment. Außerdem tut das sehr weh. Dann gibt es noch das Problem und das ist wirklich eins, dass ich immer mehr zunehme. Ich brauche nur ein Steak oder eine Wurst anzuschauen und schon habe ich ein Pfund zugelegt.

Nun nehme ich die Tabletten schon drei Jahre und in den drei Jahren habe ich acht Kilo zugenommen, was bei meiner Größe von 1,53 m viel ist.

Was mich nur wundert, dass niemand von den Onkologen fragt, wie es mir geht. Ich glaube, sie denken, ich melde mich schon, wenn etwas nicht wie gewohnt läuft. Irgendwie ist man sich selbst überlassen. Ich hab doch Krebs und deshalb viele offene Fragen.

Was mir Probleme bereitet, ist der unkontrollierte Stuhlgang. Morgens muss ich meistens normal auf die Toilette. Wenn ich gefrühstückt habe, egal was ich esse, muss ich nach einer halben Stunde oder einer Stunde, oftmals so plötzlich und heftig, dass ich es kaum auf die Toilette schaffe. Das ist manchmal auch nach dem

Mittagessen, aber nicht immer. Wenn ich wüsste, dass es nach einer halben Stunde kommt, dann würde ich solange zu Hause bleiben, aber da ich nicht weiß, wann es los geht, habe ich immer Angst, wenn ich unterwegs bin und es ist keine Toilette da. Ich habe auch festgestellt, dass ich anfälliger auf kleine Weh-Wehchen reagiere.

Da mache ich im Zirkel- Training mit, damit die Muskeln schonender aufgebaut werden und was passiert, ich bekomme einen Muskelfaserriss in der linken Wade. Sechs Wochen kein Sport war die Folge. Danach probierte ich es wieder und bekam Rückenschmerzen, die zum Bauch führten. Nach einer schlaflosen Nacht, war ich bei meinem Hausarzt und bekam eine Spritze, die aber nicht half. Er schickte mich deswegen ins Krankenhaus. Eine Woche haben sie mich da behalten und alle inneren Organe von mir untersucht Sie haben geschaut, ob wieder ein Tumor gewachsen ist. Den Herd meiner Schmerzen haben sie aber nicht gefunden und ich konnte wieder nach Hause. Dort sollte ich einen Physiotherapeut aufsuchen, den ich auch gefunden habe. Als ich nach einem Termin fragte, sagte mir die Arzthelferin, dass es in drei Wochen geht.

Ich sagte: »Wie bitte? Ich habe jetzt Schmerzen und nicht erst in drei Wochen.« Sie zuckte nur mit den Schultern und das war es. Ich bin dann wütend gegangen und nach vier Tagen waren die Schmerzen weg.

Ein paar Tage später bekam ich Probleme mit dem Ischias. Ich wollte meiner Katze etwas zu fressen geben und habe mich gebückt, da schoss mir ein Schmerz in den Rücken, das mir die Luft weg blieb. Zwei Tage, dann ließ es nach.

Na ja, ich will nicht meckern, vielleicht liegt es gar nicht an den Tabletten, sondern daran, dass ich älter werde.

Nun sitze ich an der Ostsee, es scheint die Sonne, es ist 7:30 Uhr und ich genieße die Ruhe und die wärmenden Sonnenstrahlen. Was will man mehr.

Vielleicht teile ich später einmal mit, wie lange es mir »gut geht« mit dem Krebs und was noch so passiert.